Australisches Sofa und der Krieg

Absurdes aus dem Schmonzettenkompressor

Janina Schmiedel

Australisches Sofa und der Krieg

Absurdes aus dem

Schmonzettenkompressor

Bibliographische Information der Deutschen
Nationalbibliothek: Die Deutsche
Nationalbibliothek verzeichnet diese Publikation in
der Deutschen Nationalbibliografie; detaillierte
bibliografische Daten sind im Internet über
http://dnb.dnb.de abrufbar.

© 2017 Janina Schmiedel
Herstellung und Verlag:
BoD – Books on Demand, Norderstedt

ISBN: 9783744886772

Für Ute

Vorwort

Vor Jahren hörte ich Thomas Kapielski in einem Hörbuch einen sogenannten *Ring*-Kompressor vorstellen, mit dem sich eine Wagner-Oper problemlos auf wenige Sekunden komprimieren lässt. Das Ergebnis klingt schauderhaft, hat aber auch Vorteile gegenüber dem Original.

Als eine Freundin kürzlich klagte, durch manche Schmonzetten quäle man sich stundenlang hindurch, und eigentlich gehe es doch nur darum, ob sie sich am Ende kriegen oder nicht, kam mir dieser *Ring*-Kompressor wieder in den Sinn, und so entstanden *Burkhart und Babette* und *Gundula und Benjamin*. Eigentlich war es nur ein Scherz, aber der Schmonzettenkompressor war in Gang gesetzt, und so fuhr ich fort, kurze Geschichten zu schreiben, in denen Liebende sich suchen, finden, verlieren, wiederfinden und wieder verlieren … Einige bleiben auch allein. Schließlich kann sich nicht jeder dafür begeistern, in einer Liebesgeschichte vorzukommen.

Teil I

Den Garten nehmen sie mit.

Griseldis und der graue Herr

Gestern Abend hatte Griseldis herausgefunden, dass der graue[1] Herr in Hotelzimmer Nummer 106 wohnte. Sie konnte ihn doch nicht einfach so plump anquatschen. Aber vielleicht sollte sie vor seiner Tür einmal etwas fallen lassen, dann würde er die Tür öffnen, um nachzusehen, was da so laut gescheppert hatte.

Am nächsten Morgen trat Griseldis also mit einem gefüllten Wasserkocher auf den Gang, stolperte vor der Tür des grauen Herrn über das Kabel, ließ den Kocher fallen und dachte noch in dem Moment, dass der Plan vielleicht ein bisschen unausgereift war. Plötzlich öffnete sich die Tür zu Zimmer Nummer 106, und da stand der graue Herr von oben bis unten mit Tinte bekleckert. Er hatte am Abend zuvor ein Tintenfässchen gekauft und sich die Tinte soeben über Hemd und Hose geschüttet, da er dies für einen akzeptablen Anlass hielt, um einmal bei der netten Dame am Ende des Ganges zu klopfen – ob sie nicht vielleicht wisse, wie man solche Flecken herausbekomme.

---

[1] „Was heißt hier grau?", könnte zu Recht gefragt werden. „Grauhaarig?" Unsinn! Der graue Herr war vollständig grau, wie andere Leute lila sind oder blau. „Das ergibt doch überhaupt keinen Sinn!" Umso besser. Dann wissen Sie gleich, woran sie sind.

„Wissen Sie vielleicht, wie ich die Tinte aus der Kleidung bekomme?", begrüßte er Griseldis, die in einer Pfütze auf dem Gang stand und gerade den Eindruck bekam, dass ihr Plan doch ganz gut aufging. Endlich war sie einmal mit dem grauen Herrn ins Gespräch gekommen.

James und Bertha

James hatte keinen Bock mehr. Das hatte er soeben laut verkündet und war dabei, aus dem Büro zu stürmen. Sein Job hing ihm zum Hals raus. Daran hatte er keinen Zweifel gelassen. Die Kündigung würde er sicher in den nächsten Tagen erhalten.

Nach diesem Vorfall erschien es ihm einfach zu banal, ganz gewöhnlich-alltäglich nach Hause zu kommen, sich an den Tisch zu setzen und auf das Abendessen zu warten, mit dessen Zubereitung Bertha gerade beschäftigt war. Die rebellische Stimmung sagte ihm irgendwie zu. So stürmte er in die Küche, riss Bertha das Messer aus der Hand, mit dem sie gerade die Tomaten für den Salat schnitt, und beförderte es mit wilder Entschlossenheit ins Spülbecken. Er kam sich vor wie ein wild gewordener Königssohn, der die Prinzessin aus dem Turm befreite.

Die leicht verwirrte Bertha, die derlei Aktionen von ihrem Ehemann nicht gewohnt war, ließ sich (nicht ganz unwillig) aus dem Haus komplementieren – was wörtlich zu verstehen ist: „Du wunderschöne Prinzessin!", rief James, der allem Anschein nach den Verstand verloren hatte. Sie sprangen ins Auto und fuhren nach Amerika. Dies brachte definitiv neuen Schwung in ihr Eheleben.

Josie und Pepi

Es war eine klassische Situation. Josie und Pepi wollten heiraten, aber Pepis Eltern waren dagegen.

„Was haben deine Eltern mit unserer Beziehung zu tun?", fragte Josie. Ihre eigenen Eltern waren Weltenbummler, sie hatte sie seit dreiundzwanzig Jahren nicht gesehen. „Das verstehst du nicht", sagte Pepi. Und so hätte die Hochzeit beinahe nicht stattgefunden,[2] wenn nicht Josie plötzlich in einer Quizshow eine Million gewonnen hätte. Da schien sie den Schwiegereltern nun doch eine ganz passable Partie zu sein.

Allerdings müssen wir leider mitteilen, dass Josie sich ein bisschen zu viel auf ihren neu gewonnenen Reichtum einbildete, und Pepi wollte nun einmal nicht mit so einer Schnöselbraut verheiratet sein. So wurde es am Ende dann doch nur fast etwas mit der Hochzeit.

---

[2] Wie sich zeigen wird, findet die Hochzeit nicht nur beinahe nicht statt, sondern sie fällt komplett ins Wasser, aber das soll der Leser an dieser Stelle noch nicht wissen.

Burkhart und Babette

Babette sah aus dem Fenster. Sie hatte schulterlange nussbraune Haare. Burkhart stand in der Hofeinfahrt und winkte herauf. Er trug ein gestreiftes Hemd, das so eng saß, dass man durch die Knopfleiste sein Unterhemd sehen konnte. Das Hemd steckte in seiner ausgebeulten Jeans. Nur ein Hemdzipfel schaute über der linken Hosentasche heraus. Das Winken machte ihm sichtlich Mühe. Von Babette war nur die nussbraune Frisur[3] und ihre ebenfalls winkende Rechte zu sehen, den übrigen Teil ihres Körpers verbarg sie hinter dem Vorhang. Wie gern wären die beiden einander einmal begegnet. Aber Babette passte nicht durch die Haustür. Und hätte Burkhart es unternommen, die Treppen in den dritten Stock hochzusteigen, hätte sein Herz ihm vielleicht den Dienst versagt. So winkten sie sich stumm zu, Tag für Tag, und träumten von Liebe und Leichtigkeit (und anderen Dingen, die mit L beginnen).

Da setzte eines Tages ein Regen ein, begleitet von einem heftigen Sturm. Die Menschen flogen mit ihren Schirmen durch die Luft, blieben in den Baumkronen hängen, wurden gegen Hauswände geweht oder schlicht davongefegt. Am Abend waren die Straßen leer. Nur Burkhart stand noch im Hof. Der Sturm zerzauste ihm das Haar, ließ seinen

---

[3] Der Verfasserin ist durchaus bewusst, dass Frisuren als solche keine Farben haben, das ist ihr aber egal.

Hemdzipfel flattern. Aber er stand ungerührt und winkte zu Babette hinauf, die am geöffneten Fenster stand und zurückwinkte. Der Wind hatte den Vorhang erfasst und fortgerissen.

Clemi und Irmi

Nach fünfzig Ehejahren, die sich wie fünfhundert anfühlten, war Clementine nach etwas Freiheit zumute. Sie legte eine Blume aufs Grab des Verblichenen und fuhr an die See. Sie warf die Schuhe fort und wanderte kilometerweit am Saum des Meeres entlang. Sie stand in der Dünenlandschaft und ließ sich das weiße Haar vom Wind zerzausen.

Am Abend setzte sie sich ins Kaminzimmer der Pension und träumte im gemütlichen Feuerschein vor sich hin. Als sie noch nicht ganz ins Traumland hinübergeglitten war, erschien eine Gestalt am Horizont ihrer Gedanken. Die Gestalt winkte ihr zu und rief ihren Namen. Wer mochte das sein?

Sie spazierte nun jeden Tag am Meer entlang, ließ sich vom Wind Haar und Kleider durchwehen und träumte am Abend im Kaminzimmer von der freundlichen Gestalt, die ihr zuwinkte und ihren Namen rief.

Eine Woche später fuhr sie nach Hause. Als sie den Koffer im Flur abgestellt hatte, klingelte sie bei Irmi, die ihre Blumen gegossen und die Post hereingeholt hatte, während sie verreist war. Irmi öff-

17

nete die Tür, winkte und rief: „Clemi! Da bist du ja doch einmal zurück!" Da wusste Clementine, dass es Irmi gewesen war, die am Horizont gewinkt und nach ihr gerufen hatte, und nun, da Edgar unter dem Rasen schlummerte und sich niemand um die Schrullen zweier alter Weiber kümmern würde, warf sie ihr altes Leben fort und begann mit Irmi ein neues.

Marek

Marek war ein junger Magier, der aus irgendeiner alten Geschichte entlaufen war. Das heißt, er hatte keine Lust mehr, in dieser Geschichte vorzukommen und war einfach gegangen. Man hatte von ihm erwartet, dass er sein Leben ganz und gar der Magie verschreibe und auf ewig Junggeselle bleibe. Darauf hatte er, gelinde gesagt, keinen Bock. Er wollte das ganze Leben, und vor allem wollte er eine Frau. Aber da er ein ungewöhnlicher Kerl war und noch dazu eine altertümliche Art hatte, liefen die Frauen vor ihm davon.

„Liebes Fräulein", fragte er eine junge Frau, die gerade in ein Buch vertieft vor der Universitätsbibliothek saß. „Darf ich Ihnen meine Gesellschaft antragen?" Die Studentin schaute kurz auf und schlug dann in der Annahme, dass es sich bei dem Kerl um einen der Typen handle, denen sie letzte Nacht auf einer Studentenparty begegnet war (und die sie niemals wiedersehen wollte), das Buch zu und verschwand in der Bibliothek.

Marek war ein bisschen enttäuscht, aber er gab den Mut nicht auf. Er setzte sich in ein Café und wartete, bis die Bedienung an seinen Platz kam, um ihn zu fragen, was er wünsche. Er bestellte einen Espresso und zwei Stück Erdbeerkuchen und sagte dann etwas, das wir nicht verstehen können, weil es in dem Café zu laut war. Aber die Bedienung verstand es sehr gut und hieb ihm spontan eins mit der Speisekarte über den Schädel. Marek deutete dies korrekterweise als nachdrückliche Aufforderung, den Laden umgehend zu verlassen. Langsam dämmerte ihm, dass derlei Annäherungsversuche ihn nicht weit bringen würden.

Um es beim nächsten Mal richtig anzustellen, lieh er sich in der Bibliothek einen Stapel Schmonzetten aus und verkleidete sich anschließend als Landarzt in der Hoffnung, dass jemand eine rührende Story über ihn verfassen würde, in der ihm die Mädchen nur so nachliefen. Zwar wurden einige Personen auf ihn aufmerksam, als er charmant lächelnd durch die Fußgängerzone schlenderte und irgendwelche Diagnosen vor sich hin murmelte, doch war es nicht die Art von Aufmerksamkeit, die er sich erhofft hatte. Schließlich fasste er den alles entscheidenden Entschluss, dass er selbst die Geschichte schreiben müsse, in der er vorkommen und eine wunderschöne Geliebte haben würde. Vielleicht hieß sie Rosalie.

„Ach, Rosalie!", rief er.

Er war es, der diese Zeilen zu Papier brachte, und er ist es, der hier nach dir ruft: Rosalie, Theodora, Camilla, Luise, Vera, Lottchen! Wie immer dein Name sei, bitte komm doch einmal vorbei, finde und erlöse mich! Sehnlichst warte ich auf dich. Glaube mir, ich bin keine schlechte Partie!

In Liebe

Marek (Magier, Landarzt und Schriftsteller)

Der treue Seemann

Man sagt, ein Seemann habe in jedem Hafen ein Mädchen. Auf Jan und Hein und Klaas[4] traf das vielleicht zu, aber Pit, der liebte nur eine, und er hatte ihr ewige Treue geschworen. Nie sah er auch nur eine andere an. Die Matrosen lachten alle über ihn und nannten ihn einen freudlosen Moralisten. Pit verstand gar nicht, was das bedeutete, denn er kannte sich mit Fremdwörtern nicht aus. Und überhaupt war er nicht das hellste Licht, denn obwohl er Anna so über alles liebte, hatte er vergessen, an welchem Hafen er sie verlassen hatte. Natürlich zogen die anderen ihn deswegen noch mehr auf, sie riefen: „Gleich hast du deine Anna wieder im Arm. Da vorne liegt Bilbao. Halt nein! Anna wartet ja in

---

[4] *Jan und Hein und Klaas und Pit, die haben Bärte, die haben Bärte ...*

Genua. Oder war es Piräus?" Sie lachten laut und dumpf. „Wie lauter Hohlköppe", dachte Pit. Er kletterte in den Ausguck und versuchte die Gesichter in der Stadt zu erkennen, ob vielleicht eins von ihnen Anna gehörte.

Klausi und Bibi

Es war einmal ein Mann, der hieß Klausi, aber alle nannten ihn Peter Pan, weil er nicht erwachsen werden wollte. Er warf ständig Wasserbomben aus dem Fenster, las Comic-Hefte, fuhr mit dem Waveboard herum, und am Wochenende machte er heimlich Telefonstreiche. Seine Eltern fanden, er könnte langsam einmal ausziehen, aber er fürchtete sich allein im Dunkeln und hatte keine Lust, sich selbst das Essen zu kochen und seine Wäsche zu waschen.

Sie dachten, wenn er sich nur erst verlieben würde, dann würde er schon merken, dass es so nicht weitergehen könne und dass er sich ändern müsse für die Frau seiner Träume. Also schleifte sein Vater ihn mit auf die Partys, zu denen er von Freunden und Kollegen eingeladen wurde, in der Hoffnung, er könne seinen Sohn einmal mit einer anständigen Frau verkuppeln. Aber alle, die auch nur eine Weile mit ihm geplaudert hatten, wandten sich irritiert ab, spätestens, wenn Klausi vorschlug, gemeinsam dem Gastgeber die Schnürsenkel unter dem Tisch zusammenzubinden oder Münzen in den Pudding zu werfen.

Aber nicht nur, dass keine der Damen es lange mit ihm aushalten konnte. Mit Verdruss stellte Klausis Vater fest, dass sein Sohn sich zu keiner der Frauen ernsthaft hingezogen fühlte. Und darauf beruhte schließlich sein Plan.

Beinahe hatten Klausis Eltern ihren Sohn also schon aufgegeben, als zu einer Party, die sie selbst im eigenen Garten veranstalteten, die Familie Budderbrod aufkreuzte. Haribert und Gisela mit ihrer Tochter Bibi.

Das gab einen Knall! „Heißt du wirklich Budderbrod?", lachte Klausi. „Das ist ja zum Schreien!" „Ja", sagte Bibi. „Und wenn du auch Budderbrod heißen willst, musst du mich heiraten."

Klausi wollte unbedingt Budderbrod heißen. Wer würde das nicht wollen? Und schon schmiedeten sie Pläne für ihre Hochzeit, während sie Münzen in den Pudding warfen und Gäste erschreckten, die von der Toilette kamen. Es war ein großer Spaß, und ihrer beider Eltern packten sich an die Köpfe, weil sie nun zwei so Irre in der Familie hatten. Aber was sollte man machen? Wo die Liebe hinfällt, schlägt sie Wurzeln, und nur wenige Jahre später gab es sogar noch mehr von ihnen und keiner von den Budderbrods wurde jemals wirklich erwachsen.

Molly

Jeden Morgen kämmte Molly sich die Haare, aß einen Apfel, schnallte den Gürtel enger und sehnte sich nach einem richtigen Leben.

„Du hast doch ein richtiges Leben", mahnte das Portrait ihrer Großmutter auf der Kommode. „Du solltest dich was schämen!" Molly warf Oma Mildred einen Blick zu, der sagen sollte: „Oma! Allein die Tatsache, dass eine Fotografie von 1969 mir Vorhaltungen macht …" „Papperlapapp", unterbrach die Großmutter Mollys Gedanken. „Du gehst heute Abend einmal recht fein aus!" „Aber –" Nein! Oma Mildred duldete keinen Widerspruch. Sie empfahl Molly eins der altmodischen Kleider und einen verstaubten Hut, der 1954 einmal sehr modern gewesen war. Beides sei auf dem Dachboden in einer Truhe zu finden.

Man findet die Kleidung früherer Generationen oder verstorbener und verschollener Geschwister immer in Truhen auf dem Dachboden. Und da Molly wirklich sehr verzweifelt war, stieg sie die Treppe hinauf, kramte in der Truhe, die die Großmutter ihr beschrieben hatte, und fand das Kleid sowie den Hut aus einer Zeit lange vor ihrer Geburt.

Sie klopfte den Staub aus den Sachen, kleidete sich an und stellte sich vor den Spiegel. „Steht dir hervorragend", behauptete dieser. „Fast so schön wie Schneewittchen." „So?", rief Molly verwundert. Aber sie musste sich eingestehen, dass ihr diese Garderobe ganz außerordentlich gut gefiel.

Am Abend ging sie in ein Bistro und bestellte einen starken schwarzen Kaffee. „Ach", sagte Benji, der Kellner, „Sie trinken auch am Abend starken Kaffee? Wie ich!" Er setzte sich zu ihr und bestellte ebenfalls einen Kaffee. Zum Glück hatte er sehr großzügige Kollegen, die es ihm durchgehen ließen − und schließlich merkt es doch jeder, wenn ein schicksalsträchtiger Moment sich vor den eigenen Augen abspielt.

Und wem hatten sie das alles zu verdanken? Einer verrückten Großmutter mit einer Vorliebe für altmodische Hüte. Einen Toast auf sie!

Barbara und Arwin

„Schneid dir doch ein Ohr ab, wenn du so ein genialer Künstler bist", rief Barbara aus dem Nebenzimmer. Das kannte er schon. Sowas sagte sie immer, wenn sie wütend war. Sie verdiente das Geld, er malte Bilder und erschuf Skulpturen, mit denen er den Speicher und den Keller vollstellte und nun auch sein Atelier (das Wohnzimmer) und den Flur. „Verkauf das Zeug wenigstens", sagte Barbara. „Man kann ja keinen Fuß mehr vor den anderen setzen." Da dämmerte Arwin etwas: Sie wusste seine Kunst gar nicht zu schätzen. Empörend! Wer war diese Frau überhaupt, die er vor über vierzig

Jahren geheiratet hatte? Sie war eine Kunstbanausin. Sie kochte jeden Tag ausgefallene Gerichte, die sie bei irgendwelchen Fernsehköchen gesehen hatte, hielt die Wohnung in Ordnung, bezahlte die Rechnungen und dachte an die Geburtstage der Kinder. Aber von Kunst hatte sie keine Ahnung. Er hatte heute Morgen die Kohlezeichnung eines überdimensionierten Anspitzers begonnen, der auf einer geblümten Tischdecke in der Abenddämmerung glänzte.

„Anspitzer", rief Barbara verächtlich in den Telefonhörer. „Stell dir vor, Moni, Anspitzer in der Abenddämmerung! Zeichnungen und Skulpturen von riesigen Heftklammern und Sicherheitsnadeln. Die ganze Wohnung ist voll von diesem Kram!"

Arwin, der Barbara im Nebenzimmer ins Telefon schimpfen hörte, kam die Idee, dass Barbara für Büroutensilien nicht so viel übrighatte und seine Bilder mehr schätzen würde, wenn er stattdessen andere Gegenstände zeichnen würde. Als sie aufgelegt hatte, schlich er ins Nebenzimmer und fragte verstohlen, ob er vielleicht einmal ihre Haarnadel zeichnen oder eine Skulptur ihres Rouge-Pinsels anfertigen solle. „Vielleicht kommst du ja mal auf die Idee, ein Porträt von deiner Ehefrau anzufertigen", platzte es aus ihr heraus. „Ein Porträt von meiner Ehefrau?" „Sie würde vielleicht auch gern einmal so viel Aufmerksamkeit von dir bekommen wie dieser Anspitzer, mit dem du heute den ganzen Vormittag verbracht hast."

Arwin betrachtete seine Frau und fand, dass sie wirklich um einiges attraktiver war als der Anspitzer. Und seine Zeichnungen gefielen ihm plötzlich gar nicht mehr so gut. Er warf den ganzen Kram vor die Tür, schaffte Platz auf dem Speicher (denn da war das Licht am schönsten) und verbrachte von nun an Tage und Stunden hier oben mit Barbara, und niemanden störte es, dass sie nur noch Obst und Butterbrote aßen und die Wohnung nie aufgeräumt war, weil Barbara keine Zeit mehr für solche Dinge hatte. Nur die Kinder wunderten sich, dass ihre Eltern nicht mehr zu den Geburtstagen anriefen.

Alfons und Elsie

Alfons hatte sich in eine schelmische alte Dame auf der anderen Seite des Flures verliebt, eine flotte Siebenundachzigjährige, die nichts als Flausen im Kopf hatte. Elsie … Wenn sie nicht gerade am Gemeinschaftstisch saß und ihre Mitbewohner mit Anekdoten aus ihrem draufgängerischen Leben unterhielt, schlich sie gerne ins Pflegerzimmer und stibitzte Stifte und Klebezettel, beschriftete sie mit unanständigen Wörtern und heftete sie dann unauffällig den Pflegern und Pflegerinnen an die Kittel. Dann steckte sie mit ihren beiden Freundinnen die Köpfe zusammen, und sie kicherten wie kleine Mädchen. Wenn sie einmal beim Klebezettel-Klauen erwischt wurde, gelang es ihr jedes Mal meisterhaft, sich aus der Affäre zu ziehen. „Ach, ach! Ist das hier denn gar nicht meine Kammer?", stammelte sie und ließ den kleinen Block unauffällig in ihrer Tasche verschwinden. „Ach nu, mein Orientierungssinn ist auch nicht mehr das, was er mal war." Dann lachte sie verlegen und ließ sich geduldig zurück in den Gemeinschaftsraum führen, wo sie verschwörerische Blicke mit Milla und Helmi tauschte. Dann steckten sie wieder die Köpfe zusammen und kicherten.

Ach, sie war eine tolle Frau. Alfons war hingerissen, und am liebsten wäre er mit ihr getürmt. Nur sie beide und noch einmal um die Welt …

Am Nachmittag saß Alfons in einem großen Ohrensessel im Gemeinschaftsraum und war tief in seine Tagträume versunken. Ab und zu spähte er verstohlen zu der tuschelnden Damen-Clique hinüber. Irgendetwas kratzte ihn am Genick. Er griff mit der Hand danach. Da steckte etwas in seinem Hemdkragen. Es war ein Klebezettel! Alfons' Herz schlug plötzlich höher. Auf dem Zettel stand etwas geschrieben: „Trampen Sie mit mir nach Genua?" Er lächelte, und seine bleichen Wangen erröteten, als er sich erhob. Bedächtig schlenderte er zu den Damen hinüber, beugte sich leicht zu Elsie hinunter und flüsterte ihr ins Ohr: „Ich hole Sie heute nach dem Abendessen ab." Da errötete auch sie, und Alfons schlappte, erfüllt von einem Glücksgefühl, wie er es seit Jahren nicht mehr gespürt hatte, zurück in sein Zimmer.

27

Die Versammlung der Geister I

Der Friedhof lag in mitternächtlicher Stille. So jedenfalls wäre es einem Besucher erschienen, wenn er zu dieser einsamen Stunde über den Friedhof spaziert wäre. Es sei denn, dieser Besucher wäre mit einem Paar Augen ausgestattet, das ihm erlaubte, über die Grenzen des Diesseits in die andere Welt hinüberzuschauen. Dann nämlich hätte er die Versammlung der Geister unter der alten Eibe bemerken müssen, denn im Augenblick stoben und plapperten die Geister wild durcheinander. Das war ihre Art festzulegen, wer von ihnen beginnen sollte. Nach einer Weile wurde es schlagartig still und eine zarte Gestalt, die zu Lebzeiten einmal Georgina geheißen hatte, begann zu erzählen, von einem desertierten Soldaten, der sich zu den Widerständischen geflüchtet hatte, die sich im Gebirge versteckten.

Sie, Georgina, hatte ihnen in der Nacht Brot und manchmal warme Suppe gebracht. „Warme Suppe", murmelten die Geister und versuchten sich die Wahrnehmung von Wärme in Erinnerung zu rufen. „Ach, ach!", riefen einige. „Still!", sagte Georgina, die sich nicht für die Suppe interessierte, sondern für Pablo, der ausgehungert und frierend im Gebirge festsaß und das Ende des Krieges herbeisehnte. Solange dies aber nicht absehbar war, fieberte Pablo allabendlich ihr, Georgina mit der Suppe, entgegen, und sie hielten sich die Nächte warm.

Wieder murmelten die Geister und einer fragte: „Und wo ist dieser Pablo jetzt?" Georgina wusste es nicht, denn sie hatte das Land verlassen und Pablo vergessen müssen (was ihr nie gelungen war).

Irgendwo in einem weit entfernten Gebirge in einer vergessenen Höhle saßen zu eben dieser Stunde die Geister und hielten Rat. Auch sie sprachen von Suppe, von Wärme und von jener Nacht, in der sie entdeckt wurden, der Nacht, die sie an die Felsen kettete wie Zeus den Prometheus. „Georgina", hauchte einer von ihnen.

Aber von all dem hatte unser mitternächtlicher Friedhofsspaziergänger nicht den leisesten Schimmer.

Gundula und Benjamin

Gundula steht am Gartenzaun. Sie winkt dem Vorübergehenden zu. Es ist Gregor, den sie gern einmal zu sich hinter den Zaun einladen möchte. Aber Gregor geht vorbei, winkt nicht zurück und kommt nie wieder. In Wirklichkeit heißt Gregor Sebastian und hat Gundula noch nie gesehen. Aber von wem soll sie sonst träumen?

Da kommt ein Prinz vorbei, hält auf der gegenüberliegenden Straßenseite an und winkt. Sie nennt ihn Benjamin und sie reiten gemeinsam davon. Den Garten nehmen sie mit.

Harold und Hildegard

An einem milden Frühlingsmorgen trat Harold vor die Tür und blieb, bevor er sich auf den Weg zur Arbeit machte, einen Augenblick stehen, um den Frühlingsduft in sich aufzusaugen.

„Es liegt eine Liebesgeschichte in der Luft", rief Hildegard Warrington-Wagendriefer aus dem zweiten Stock herunter. Offenbar hatte sie dort auf das allmorgendliche Erscheinen ihres Nachbarn gewartet.

„Nichts für ungut, Frau Wagendriefer", rief Harold zurück. „Der Bus wartet nicht." Harold fuhr mit dem Bus zur Arbeit, las sich den ganzen Tag durch Stapel von Akten, ließ um Punkt 17 Uhr alles fallen, eilte zur Bushaltestelle und fuhr nach Hause, wo Hildegard noch immer auf der Fensterbank lehnte und auf seine Rückkehr wartete.

„Guten Abend", grüßte Harold und wollte eben im Haus verschwinden. Da nahm Hildegard Amalie Suse von Warrington-Wagendriefer all ihren Mut zusammen und rief: „He!" – „Ja?" – „Harold!" Harold sagte nichts, sondern war jetzt, nachdem er seinen Hausschlüssel schon ins Türschloss gesteckt hatte, einen Schritt zurückgetreten und starrte zu Hildegard Amalie Suse Charlotte von Warrington-Brenner-Wagendriefer hinauf. Ihre Wangen waren gerötet. „Komm doch auf einen Kaffee herein", schlug sie vor, und schon saß Harold mit Hildegard Amalie Suse Charlotte Constanzia von Warrington-

Brenner-Müller-Wagendriefer[5] beisammen, und beide tranken Kaffee und verspeisten mehrere Stücke Apfelkuchen, die ihnen hervorragend schmeckten. Schon küssten sie sich, und bald darauf läuteten irgendwo in einer nahegelegenen Kapelle die Hochzeitsglocken.

John

John konnte Liebesgeschichten nicht ausstehen. Und er wollte niemals selbst in eine verwickelt werden.

Entschuldige John, du wirst dich in Marina verlieben, und du wirst den größten Schmerz empfinden, weil sie dich nicht lieben wird. Sie ist in einen Typen namens Dennis verknallt. Du kannst ihn sicher nicht leiden, aber du kannst nichts dagegen machen. Wie fühlst du dich, jetzt, da du das weißt? Wie einer der alten Griechen, die wussten, dass sie

---

[5] Was hat es bitte mit diesem Namen auf sich? Ändert die Frau ständig ihren Namen oder sitzt Harold alle paar Minuten mit einer anderen Nachbarin beim Kaffee? Oder vergisst die Autorin etwa ständig den Namen ihrer Protagonistin? – Vielleicht will die Verfasserin damit ja auf eine sehr abstrakte Weise veranschaulichen, dass Hildegard Amalie Suse Charlotte Constanzia Emanuela von Warrington-Brenner-Müller-Wagendriefer immer eine Facette mehr von sich preisgibt, je mehr sie sich traut und je näher sie ihrem Geliebten kommt. Aber was weiß ich? Wir sind hier schließlich nicht im Deutschunterricht.

ihrem Schicksal nicht entkommen können? Aber keine Bange, wenn du es wirklich gar nicht willst, werde ich dir dieses Schicksal ersparen, indem ich dich umbenenne in Karl. Es tut mir leid, Karl, aber John[6] wollte die Rolle nicht annehmen. − Wie? Du sträubst dich auch? Was sind das überhaupt für widerspenstige Protagonisten, die einfach in die Revolte gehen und ihre Rollen nicht antreten … Also gut. Dennis. Du wirst diesen Part überneh-men.

Und Dennis war einverstanden, denn er wusste ja, das Marina ihn lieben würde und dass selbst ein schusseliger Autor, der sich nicht für die Namen seiner Figuren entscheiden kann, ihm das nicht vermasseln konnte.

---

[6] John: Karl? Bist du hier?

Karl: Ja, hier. Ich dachte, du willst nichts mit Liebes-geschichten zu tun haben.

John: Offiziell nicht, in den Fußnoten ist es ok.

Karl: Meinst du, hier können wir bleiben?

John: Klar, wer schaut schon in die Fußnoten?

Karl *küsst John.*

Mario: Was treibt ihr denn hier?

Karl: Das fragen wir dich! Ist man nicht mal hier ungestört?

Mario: Glaubt ihr vielleicht, ihr seid die Einzigen, die sich in den Fußnoten verstecken?

Karl und John *schauen Mario verblüfft an.*

Mario: Also, rückt mal ein Stück!

Tessa

Jemand hatte Tessa einen Ring zukommen lassen, dazu Blumen und eine Karte mit der Aufschrift: „Willst du mit mir zusammen sein?"

Leider war Tessas Verehrer zu schüchtern gewesen, um sein Liebesbekenntnis zu signieren.

Tulla

Tulla war ein wenig desillusioniert. Sie hoffte seit nunmehr über dreißig Jahren darauf, dem Mann ihrer Träume zu begegnen. Vielleicht wartete er ja hinter der nächsten Straßenecke. Tulla glaubte eigentlich nicht daran, aber Herta hatte gesagt, es könne sein. Sicherheitshalber sah sie nach, aber da war niemand.

„Du solltest das nicht so wörtlich nehmen", sagte Herta und bestückte Tullas Teller mit Himbeertorte. Tulla aß die Torte und trank eine Menge Kaffee, denn Herta machte den besten Kaffee der ganzen Stadt. Dann nahm sie ihren Mantel und ging nach Hause. Verstohlen sah sie nun auch hinter der übernächsten und überübernächsten Straßenecke nach und hinter der dritten stand tatsächlich ein Mann. Er zündete sich gerade eine Pfeife an. Tulla dachte natürlich sofort, dass sei der Mann, auf den sie so lange gewartet hatte. Warum hatte sie nur nie hinter der dritten Ecke nachgesehen?

Um ehrlich zu sein, ich glaube, sie war ein bisschen verwirrt, und es war schon ein wenig verrückt, als sie jetzt das letzte Stück Himbeertorte, das Herta ihr mitgegeben hatte, aus ihrer Handtasche zog. Es war wirklich eine ganz vorzügliche Torte. Und da der ältere Herr mit Pfeife sich gern mitten auf der Straße zu Torte einladen ließ, waren sie bald miteinander bekannt.

Und damit ist mal wieder bestätigt, dass – na ja, gar nichts ist damit bestätigt. Aber Sie hätten jetzt sicher auch gern ein Stück Himbeertorte.

Die Versammlung der Geister II

In der Versammlung der Geister erhob einer die Stimme, der einmal Soldat gewesen war. Sein Name war Heribert. Und da war dieser Kamerad, Hans. Natürlich durfte niemand etwas wissen. Das war die Zeit ...

„Im alten Griechenland wären wir nicht verfolgt worden", hatte Hans geflüstert. Sie waren neunzehn Jahre alt, als sie an einem kühlen Vormittag im März 1916 in Verdun starben. Wie lange war das her!

Heribert klatschte sich gerade eine Packung Styling-Schaum in die Frisur. Niemand würde sie bemerken, wie sie auf der Parade ihre alten Uniformen austrugen, zwei alte Geister, aber sie wollten nicht stillos sein. Hans zog sechs Sprühdosen aus der Tasche und färbte ihre Röcke in den Farben der Gay-Pride-Flagge, bevor sie sich auf den Weg machten.

Der Jüngling und die Prinzessin

Es war eine Mutter, die hatte drei Söhne. Der erste heiratete ein Gretchen, der zweite heiratete ein Julchen, und der dritte wollte nicht aus dem Haus.

Jeden Tag saß er am Fenster, träumte, und wenn die Mutter ihn ermahnte, doch einmal auszugehen, antwortete er, dass er lieber aus dem Fenster sehen wolle, denn er dachte, dass eines Tages seine Traumprinzessin auf einem Ross vor dem Gartentor stehen werde.

„Prinzessinnen reiten nicht auf Pferden durch die Gegend", belehrte ihn seine Mutter, die langsam keine Hoffnung mehr hatte, diesen Träumer je loszuwerden. Sie hatte keine Lust, ihm ein Leben lang die Hemden zu waschen, aber das kümmerte den jungen Mann überhaupt nicht, und er ließ sich auch nicht beirren. Jeden Tag schaute er aus dem Fenster in den Garten und zum Tor, und eines Tages hielt dort eine wunderschöne Prinzessin auf einem Oldenburger direkt vor dem Tor. Sie trug die übliche Garderobe der berittenen Polizei, aber der junge Mann am Fenster erkannte sofort ihr wahres Wesen, stürzte aus dem Haus und warf sich der Prinzessin zu Füßen, also vor ihr Pferd. Es soll hier nicht ins Detail gegangen werden, wie es weiterging, denn wir wollen den Jüngling nicht unnötig blamieren. Am Ende aber kam es, wie es immer kommt: Die Prinzessin und der junge Mann ließen alles hinter sich und lebten fortan in einem unbekannten Land.[7]

Der Paketbote und der Traumprinz

Kürzlich sagte eine Freundin meiner Nachbarin[8] zu mir: „Mein Traumprinz ist garantiert nicht unser Paketbote!" Was aber hat es dann mit diesem Paketboten auf sich?

Lass mich einmal die plausibelste Theorie festhalten, Babsi[9]: Der Traumprinz versucht seit Jahren, dich zu erreichen, indem er mit seinem fliegenden Schimmel hinter deinem Haus landet und das Zeichen gibt, das ihr in deinen Träumen ausgemacht habt. Aber der Paketbote, dieser eifersüchtige Kerl, der es nicht ertragen könnte, dich auf

---

[7] Die Sache stand sogar in den Lokalnachrichten. Bei der örtlichen Polizei ist übrigens derzeit eine Stelle vakant.

[8] In Wirklichkeit war es die Nachbarin einer Freundin der Schwiegermutter meiner Nachbarin, aber ich will es hier nicht zu kompliziert machen.

[9] Babsi ist die besagte Nachbarin einer Freundin der Schwiegermutter meiner Nachbarin. In Wirklichkeit heißt sie anders, aber ich will sie hier nicht bloßstellen. Es ist ihr peinlich, wenn in der Öffentlichkeit über sie geredet wird.

dem Pferd seines Rivalen davongaloppieren zu sehen, klingelt immer genau dann vorn an der Haustür und hält dich mit lästigen Unterschriften im Vorgarten auf, wenn dein Traumprinz hinter dem Haus vergeblich auf dich wartet und inzwischen schon denkt, du hättest euer Zeichen ganz vergessen.

Mein Rat in dieser Angelegenheit wäre: Öffne einmal, wenn der Paketbote vorne klingelt, die Tür auf der anderen Seite des Hauses.

Julius und Anna

Julius war Komiker und Kabarettkünstler. An einem Dienstagabend im Juni hatte er einen Auftritt im Stadttheater. Er hatte sich nicht vorbereitet, denn das gehörte zu seinem Konzept. Wenn er auf der Bühne stand in dieser absurden Situation, wenn hunderte Menschen ihn ansahen in der Erwartung, von ihm zum Lachen gebracht zu werden, von ihm, der dem Leben so gar nichts Positives abgewinnen konnte, dann fielen ihm immer die sonderbarsten Dinge ein. Er brauchte sie nur auszusprechen, und das Publikum schüttete sich aus vor Lachen. Je mehr er darüber nachdachte, wie bizarr diese Situation war, desto absonderlicher wurden die Gedanken, die ihm in den Kopf kamen und die die lachende Menge zu hören bekam. Es war ein Erfolgskonzept.

An diesem Abend, als Julius den Blick über das Publikum schweifen ließ, um sich das Ausmaß an Absurdität vor Augen zu führen, blieb sein Blick an einer jungen Dame hängen, die ihm ungemein anziehend erschien. „Wie heißen Sie?", fragte er in den Begrüßungsbeifall hinein. „Anna", sagte Anna. Anna, was für ein wunderschöner Name! Julius war hingerissen, und sein Kopf war leer. Ja, es schien ihm, als habe er gar keinen Kopf mehr, er hatte nur noch ein Herz. Und das Herz war ganz ausgefüllt von Anna. „Anna. A-n-n-a, ich träufle deinen Namen", flüsterte er und einiges Unverständliche mehr.

So etwas gibt es doch gar nicht, sagte er sich in einem kurzen Moment der Klarheit. Verliebtheit, pah! Wo bleibt die berufliche Professionalität? Aber andererseits – Anna …

Julius ließ sich kurzerhand einen Teetisch mit Gedeck aus der Requisite bringen und lud die wunderschöne Anna spontan zum Tee ein. Es war eines der ungewöhnlichsten Rendezvous, die je stattgefunden haben, und vielleicht auch ein Theaterauftritt seltener Couleur, aber um ehrlich zu sein: Niemand hielt das für komisch. Und die meisten verließen die Vorstellung vor dem Ende. Es stand am nächsten Tag im Kulturblatt, und mit seiner Karriere ging es nun steil bergab. Aber das machte Julius gar nichts, denn seit er Anna kannte, war er ohnehin nicht mehr niedergeschlagen genug, um anständige Comedy zu machen.

Bettina und Jürgen

Jürgens Chefin quasselte in einem fort. So viel Geplapper konnte echt keiner ertragen. Jürgen wollte gern seine Arbeit machen, aber er konnte sich nicht konzentrieren, weil Bettina die ganze Zeit quatschte. „Diese Dokumente sind von 1987. Stellen Sie sich vor, die sind noch mit Maschine getippt. Schreibmaschine, meine ich. Damals hat man das noch so gemacht. Da gab's ja noch keine Computer. Können Sie sich überhaupt noch daran erinnern?" Hielt sie ihn für komplett deppert? Natürlich konnte er sich erinnern. Und natürlich gab es 1987 schon Computer. Die ist echt von hinterm Mond …

„Halt die Klappe", dachte Jürgen und hackte demonstrativ auf seiner Tastatur herum.

„Wissen Sie, dass wir die Akten eigentlich im Archiv aufbewahren müssten?" Gott, ging diese Tussi ihm auf den Wecker. „Aber unsere Abteilung ist die einzige, die mit den alten Dokumenten noch nicht durch ist." Jetzt lachte sie auch noch schrill auf. „Gleich erwürg ich sie", dachte Jürgen. Aber da stand sie plötzlich neben ihm und legte die Hand auf seine Schulter. Jetzt küsste sie ihn, und Jürgens Wut war sehr plötzlich verflogen. Schon war er der persönliche Sekretär der Chefin, und gemeinsam wurden sie der Schrecken der ganzen Firma.

Frieda

Wie an jedem Abend löschte Frieda das Licht, legte sich ins Bett, schlief aber nicht. Nach einer Viertelstunde stand sie wieder auf, nahm ein Buch aus dem Regal, setzte sich in den Lesesessel am Fenster, legte das Buch wieder weg und wäre schon jetzt beinahe an Langeweile gestorben, weil nichts geschah. Sie schaute aus dem Fenster, sah einen Nachbarn, der mit seinem Hund spazieren ging. Frieda ging in die Küche, öffnete den Kühlschrank, schloss und öffnete ihn wieder, schüttete Wasser in ein Glas, legte sich wieder ins Bett, dachte, dass diese Geschichte, in der sie vorkam, wirklich sehr sehr langweilig sei, träumte von dem Nachbarn mit dem Hund, und als sie wieder aufwachte, war es gerade einmal eine Stunde nach Mitternacht. „Nee, jetzt hab ich keinen Bock mehr!", sagte sie und verschwand, um dem Typen mit dem Hund nachzulaufen, der in dieser Geschichte leider nicht vorkommen kann, weil sie sonst zu interessant werden würde.

Wie in irgendeiner Serie, in der Hauptcharaktere plötzlich sterben, weil die Schauspieler aussteigen und eine Neubesetzung unglaubwürdig erscheint, müssen wir nun auch hier leider sagen: Frieda starb an Langeweile.[10]

---

[10] Dies ist natürlich keine in dem beschriebenen Serienkontext besonders häufig verwendete Begründung, aber hier passt sie nun einmal ganz gut.

Damit hab ich dich ausgetrickst, Frieda, denn da du jetzt tot bist, bist du für die nächste Geschichte geradezu prädestiniert. Sorry, Frieda, so ist das Geschäft.

Die Versammlung der Geister III

In die Versammlung der Geister unter der alten Eibe trat die Silhouette einer Frau, die bis vor Kurzem noch Frieda geheißen hatte. Die Geister betrachteten sie mit einiger Neugier. Neuankömmlinge hatten neue Geschichten zu erzählen, die sie noch nicht hunderte Male gehört hatten. Denn obwohl die Geister in der Regel genügsam waren und sich an Wiederholungen nicht störten, hatte das Neue auch für sie einen gewissen Reiz. Sie starrten den schwachen Schatten der Frau unverhohlen neugierig an. Aber der Schatten jammerte und klagte nur und murmelte unverständliches Zeug von einem Mann mit einem Hund, dem sie so gerne gefolgt wäre, stattdessen habe sie nur schlaflos durch die Wohnung tigern und Wasser trinken dürfen. Ihre Geschichte erregte Mitleid bei den Geistern und ein freundlicher Geist, der seit fast zweihundert Jahren auf seinem Grabstein saß und sich fragte, was der Sinn seines Todes sei, erkannte nun, dass es Frieda war, auf die er gewartet hatte. Eine Seele, die er retten konnte! Das war eine alte Leidenschaft von ihm. Oder zumindest konnte er sie ja erst einmal fragen, ob sie mit ihm auf den

Geisterball in der Kapelle gehen wollte. „Der alte, sittsame Herr Pfarrer geht mit einer Dame auf den Ball?", spotteten die anderen Geister. Aber in Wirklichkeit störte das hier niemanden. Und auch der ehemalige Pfarrer grinste nur schelmisch. Und was sie für einen Tanz hinlegten! Sie tanzten die ganze Nacht, und im Morgengrauen, als die anderen sich längst ihrer wohlverdienten Ruhe hingaben, saßen sie auf der Friedhofsmauer, lauschten dem Gesang der Amseln und bewarfen die Passanten, die auf dem Weg zur Arbeit die Friedhofsallee entlangeilten, mit Moos und kleinen Steinchen. Die beiden Geister kicherten unhörbar und rückten noch ein wenig näher zusammen.

The Old Lady

Es war einmal eine alte Frau. Sie war ein wenig verrückt. Wenn sie schwimmen ging, ließ sie immer ihr Kleid an, und damit sie nicht ertrank, hielt sie sich an einem Strohhalm fest, denn Strohhalme schwimmen oben. Sie arbeitete an einem wissenschaftlichen Projekt und stand kurz davor, zu beweisen, dass Schwarz weiß ist.

Im Januar nahm sie Surfunterricht, weil sie meinte, dass man mit dem Surfbrett auf einem gefrorenen See nicht so leicht das Gleichgewicht verlor, und damit hatte sie wirklich Recht.

Sie war sehr glücklich mit ihrem Leben. Auch wenn sie sich wünschte, dass alles sich ein bisschen besser reimte, aber schließlich ist ein Leben kein Popsong!

Die alte Frau kannte einen alten Mann. Sie hatte ihn einmal auf einem Hügel getroffen, als sie im Sommer dort rodeln ging. Er hatte schon viele Jahre dort verbracht, Tag für Tag, ganz allein auf dem Hügel. *Day after day alone on the hill ...* Er hatte die Sonne untergehen sehen und die Welt, wie sie sich drehte. Keiner wollte etwas mit ihm zu tun haben, weil alle dachten, er wäre verrückt.

Jetzt sahen sie sich gemeinsam die Sonnenuntergänge an, ließen die Welt sich ein wenig schneller oder langsamer drehen, und vor gar nicht allzu langer Zeit ist ihre erste gemeinsame Publikation erschienen, in der sie plausibel darlegen, dass 1 = 2.

Ich habe allerdings eine traurige Mitteilung zu machen. Gestern sind die beiden alten Leute verstorben, und ich möchte Sie bitten, in Gedenken an diese beiden Freigeister heute einmal mindestens sechs unmögliche Dinge noch vor dem Frühstück zu erledigen.

Alfred und Gerda

Nachdem Alfred gestorben war, gab es für Gerda keine Ordnung mehr in der Welt. Alles erschien ihr wirr und unverständlich. Nachts streunte sie durch das Haus, blieb auf den Treppenstufen stehen, betrachtete ihre nackten Füße und konnte nicht herausfinden, was sie hier tat und warum sie in diesem großen Haus allein war. Sie versuchte, sich zu erinnern, aber da waren nur das Treppengeländer und die Dunkelheit und der kalte Fußboden unter ihren Füßen.

Alfred war vorausgegangen, aber Gerdas Zeit war noch nicht gekommen. Sieben lange Jahre hatte sie noch auf dieser Welt zu fristen, ohne Erinnerungen und ohne Halt. Das Geländer, an dem sie in der Nacht die Treppen hinabstieg, verschwand. Fremde Menschen wandelten vor ihren trüben Augen dahin durch seltsam fremde Korridore. Die Blumen auf dem Tisch hatten einmal Namen gehabt. Alles hatte einmal Namen gehabt, aber alles verblasste mit der Zeit.

An einem weiß-duftenden Morgen schloss sie die Augen, gleich nachdem sie sie aufgeschlagen hatte, um einer vertrauten Stimme zu lauschen, die sie von fern hörte und die näher zu kommen schien, bis sie sie ganz dicht neben sich ihren Namen sagen hörte. Das war Alfreds Stimme. Sie erkannte ihn, sie erinnerte sich, und da war sie schon bei ihm, der geduldig gewartet hatte. Er war immer so ein geduldiger Kerl gewesen.

Als die kleine Gesellschaft vor dem blumengeschmückten Sarg saß und einer Melodie lauschte, die ihnen einmal eine ganze Welt bedeutet hatte, waren Alfred und Gerda längst davon und tanzten fröhlich durch die Luft. Die traurigen Gesichter der Zurückgebliebenen waren schon in der Ferne verblasst.

Teil II

Sie wollten nur eben noch ihren Pfefferminztee austrinken.

Jenny, Ingo, Susi, Franzi, Gina, du und ich

Jenny war über alle Maßen in Ingo verknallt, aber Ingo liebte Susi. Susi tat, als liebe sie auch Ingo, aber in Wirklichkeit liebte sie Franzi, mit der sie sich nachts heimlich im Park traf. Sie hatte sich auch eine Ausrede zurechtgelegt, falls Ingo sie je dabei erwischen würde. Sie wollte sagen, dass Franzi ihr Stoff besorge. Wir können Susi nur zu diesem grandiosen Einfall beglückwünschen. Sie wollte lieber in den Handel illegaler Substanzen verwickelt sein als in ihre tatsächliche Liebe zu Franzi, und dabei hatte sie noch nie im Leben auch nur eine Zigarette geraucht. Franzi aber dealte tatsächlich, und mehr als Susi liebte sie den Thrill des Verbrechertums. Ihr Leben gehörte dem Abenteuer, und als sie eines Tages ohne ein Wort spurlos verschwand, war Susi sehr betrübt und tröstete sich, indem sie sich nachts heimlich mit Gina traf. Gina liebte Susi wirklich, aber Susi war inzwischen so misstrauisch, dass sie mit Ingo Schluss machte und Gina zurückwies. Sie ging in ein Kloster und entsagte dem weltlichen Leben. Ingo war geschockt und brach unter der Last seines eingestürzten Scheinlebens zusammen. Leider wurde auch Jenny von den Trümmern seiner Existenz erschlagen, da sie Ingo immer für einen taffen Typen gehalten hatte, und nun saß er den ganzen Tag im Jogginganzug im Park und trank Energydrinks.

Was sagt uns diese äußerst tragische Geschichte? Um ehrlich zu sein: gar nichts. Uns betrifft sowas ja nicht.

Helene und Francis

„Jetzt geh ich da echt mal rauf", empörte sich Helene. „Die haben doch da oben einen Knall, um diese Zeit noch Klavier zu spielen!" Sie warf die Tür hinter sich zu und stapfte die Treppen in den vierten Stock hinauf. Sie hämmerte gegen die Tür, hinter der sie das elende Geklimper vernahm. Das Klavier verstummte und ein hochgewachsener Typ mit Schatten unter den Augen erschien an der Tür. Sie wollte gerade anfangen, laut zu schimpfen, als ihr siedend heiß einfiel, dass sie den Wohnungsschlüssel auf der Kommode hatte liegen lassen. In ihrem Kopf ratterte es. „Ihretwegen habe ich mich ausgesperrt", fluchte Helene. Der Typ in der Tür hieß Francis. Ein glattgebügelter Junge mit einer Notenmappe schob sich an ihm vorbei, sagte „Tschau" und verschwand im Treppenhaus.

„Meinetwegen haben Sie sich ausgesperrt?", wiederholte Francis und musterte Helene belustigt. „Genau", sagte Helene, war sich aber nicht sicher, wie sie das jetzt genau begründen sollte. Viel älter als vierzig war er sicher nicht. Aber sein Haar war grau und sah ganz flauschig aus.

„Wollen Sie einen Kaffee?", fragte Francis. „Ja", antwortete Helene. „Und ein Telefon. Ich meine, damit ich den Schlüsseldienst anrufen kann." Schon saß sie bei diesem furchtbaren Klimperer auf dem Sofa, trank Kaffee und hatte schon fast alle seine Pralinen aufgegessen, als der Schlüsseldienst endlich kam.

„Da es ja meine Schuld war, dass Sie sich ausgesperrt haben", sagte Francis, „könnte ich Sie morgen nach der Arbeit auf einen Kuchen einladen." Helene sagte natürlich zu, denn sie war nicht nur angetan von der Idee, einige Stücke Kuchen umsonst zu bekommen, sondern sie hegte auch die Hoffnung, dass sich vielleicht die Gelegenheit ergebe, ihm einmal durch das flauschige graue Haar zu wuscheln.

Die Versammlung der Geister IV

Unter der alten Eibe suchten die Geister ihre Erinnerungen nach wärmenden Gedanken ab. Einer hatte sich den Duft blühender Rosensträucher eingeprägt, scheiterte aber daran, ihn zu beschreiben. „Diese blühenden Dinger", sagte er. „Diese Dornendinger, die sich die Liebenden schenken." Und obwohl er großen Unsinn erzählte, fanden die Geister seine Geschichte total romantisch.

Anton und Lilofee

An einem sonnigen Spätsommertag kam Anton von der Arbeit nach Hause, nahm einen Spaten und beschloss, einen Schatz zu finden. Seine Arbeit war ihm so zuwider und der Lohn so mager, dass er es als einzigen Ausweg aus der Misere seines Lebens sah, eine Truhe voller Gold zu finden.

Anton ging zum Strand und fing an zu graben. Warum sollte nicht einmal ein alter Pirat hier seine Beute vergraben haben und dann gestorben sein, bevor er sie wiederholen konnte …

Anton grub wie ein Wahnsinniger. Er war plötzlich überzeugt davon, dass er noch heute den Schatz finden würde. Am Abend hatte er schon eine beachtliche Grube ausgehoben und bald war sie so tief geworden, dass er nicht mehr allein herauskam. Passanten hielten ihn für einen Arbeiter oder für einen Spinner – je nachdem, wie nah sie ihm und seiner Grube kamen. Der Strand war weitläufig, und nun saß Anton einigermaßen in der Falle. Wie es aussah, würde er die Nacht in seinem Loch verbringen müssen. Sollte er Seitengänge graben oder versuchen, die Wände abzuflachen? Aber was, wenn sie dann zusammenstürzten und ihn unter dem Sand begruben? Nachdenklich saß Anton in seiner Grube, als plötzlich ein neugieriges Gesicht über ihm erschien.

Was würden Sie sagen, wenn sich herausstellte, dass es sich bei der dazugehörigen Person um

Lilofee handelte, die nicht nur die reiche Erbin eines Süßwarenfabrikanten, sondern ganz zufällig auch Antons Traumfrau war. Und wie es das Schicksal wollte, entsprach auch er ganz ihren Vorstellungen. Man muss nämlich dazu wissen, dass Lilofee am Vormittag ihr Büro verlassen hatte, wild entschlossen, dem Papierkram zu entkommen und stattdessen einmal etwas Bedeutendes zu tun.

So muss man es also machen! Anton wollte einen Schatz finden und er fand einen, und seine alte Arbeit hängte er noch am selben Tag an den Nagel.

Emmi

An einem Abend im Juli ging Emmi in den Park. Sie hatte eine Geschichte gelesen, in der eine Frau einen Mann geheiratet hatte, der gestorben war, woraufhin die Frau einen anderen Mann heiratete, der sie verließ, worauf die Frau den Glauben an die Liebe verlor, worauf sie einem Mann begegnete, der ihr den Glauben wiedergab, indem er ihr eine Rose schenkte.

Emmi ging also in den Park. Auf einer Bank saß ein Mann. Sie setzte sich neben ihn. „Wollen Sie mich freien?", fragte Emmi, die offenbar zu viel Zeit mit ihren alten Liebesschnulzen verbracht hatte und zu wenig mit wirklichen Menschen. „Ja", sagte der Mann. „Kommen sie morgen wieder." Und am nächsten Abend ging Emmi wieder in den

Park. Aber der Mann saß nicht auf der Bank. Sie wartete auf ihn bis in die Nacht, aber er kam nicht. Am folgenden Abend wartete sie wieder auf ihn, aber er blieb aus. Sie verbrachte viele Abende auf der Bank, die Tage wurden kälter, es wurde Herbst.

Da setzte sich eines Abends ein Mann zu ihr und fragte: „Soll ich Sie wärmen?" Da sah sie ihn an und wollte ja sagen, aber sie hatte über das Warten die Sprache verloren und sagte nichts. Der Mann stand auf und ging, und Emmi dachte, dass das Schicksal ihr böse mitspielte. Und dann, als sie nach Hause kam, war ihre Wohnung abgebrannt, denn sie hatte vergessen, den Herd auszustellen, und ein Geschirrtuch hatte Feuer gefangen. Nun hatte sie nichts mehr. Sie ging zurück zu der Bank im Park. Was sollte nun aus ihr werden? Der Herr, der sie freien wollte, war fort. Der Herr, der sie wärmen wollte, war fort. Ihre Sprache dahin, ihr Heim abgebrannt.

Diese alte Dame war wirklich in einer misslichen Lage, und wer diese Geschichte erzählt, hat alle Mühe, sie wieder in eine glücklichere Position zu versetzen. Dabei hatte sie sich doch wirklich selbst in diese unverfroren ausweglose Situation gebracht. Jetzt müssen wir zusehen, wie wir sie da glaubhaft wieder herausbekommen. Aber wir wollen berücksichtigen, dass Emmi sich von Anfang an unverständig und widersinnig verhalten hat und dass es kein allzu unglaubwürdiger Bruch in ihrem Dasein wäre, falls sie zufällig schlafwandelte in dieser Nacht und sich dabei in Richtung See bewegte. Da sie nicht auf dem Wasser gehen konnte, versank sie und spazierte weiter auf dem Grund des Sees bis zur Mitte, wo es am tiefsten war. Ein kleiner Wels sagte etwas zu ihr, das man nicht verstehen konnte, weil unter Wasser die Akustik anders ist als in der Luft, woran man sich erst einmal gewöhnen muss. Für Eingewöhnung war aber weder Zeit noch bestand Bedarf, denn schon passierte Emmi eine geheime Falltür und gelangte so in ein Land, das sich ihr zunächst in Form einer grünen Wiese präsentierte, auf der Blumen zwitscherten und Vögelchen blühten. Emmi sah einen stattlichen Herrn. Die beiden schienen einander sehr zugetan. Als er näherkam und sie etwas fragte, was wir wieder nicht verstehen, nickte sie ihm zu. Er schenkte ihr eine Rose, und sie heirateten noch an diesem Tag.

Geronimos Cadillac

Geronimo hatte zum achtzehnten Geburtstag einen Wagen bekommen. Seine Eltern waren die Sorte Eltern, die nichts dabei fanden, wenn ein Achtzehnjähriger, der gerade seinen Führerschein hatte, mit einem teuren Auto herumfuhr. Geronimo beeindruckte eine Menge junger Frauen mit seinem blankpolierten Cabrio, aber er ließ nie eine mitfahren. Er verdrehte ihnen die Köpfe und genoss es, wenn sie ihm nachsahen und über ihn tuschelten.

Geronimo, dieser wahnsinnige Typ! Und man muss sagen, es war nicht nur sein Auto, das die Mädchen mochten. Er hatte auch einen anziehenden Look. Seine Frisur war eine einzige Buttercreme-Torte und seine weißen Hemden strahlten in der Sonne. Leider fuhr er mitsamt seiner Frisur, dem schicken weißen Hemd und all dem in einen Graben, und sein Cadillac wurde dabei ein bisschen schmutzig. Sein Hemd übrigens auch. Danach musste er den ganzen Abend vor der Garage stehen und das Auto wieder blankpolieren. Geronimo liebte sein Auto über alles.

Als die Mutter ihn zum Abendessen rief, mochte er sich nicht von dem Wagen losreißen, denn er konnte keinesfalls aufhören, bevor nicht alles glänzte und wie neu aussah. Als um kurz vor Mitternacht der Vater ihn ermahnte, den Wagen in die Garage zu fahren und schlafenzugehen, erlitt Geronimo einen kleinen Nervenzusammenbruch, weil er mit Polieren noch nicht fertig war und weil ihm plötzlich bewusst wurde, dass er von der Straße abgekommen und im Graben gelandet war – und dass er dabei ganz und gar unversehrt geblieben war und sein Auto nicht einen Kratzer abbekommen hatte.

„Dad, muss ich jetzt mein Leben meinem Schutzengel widmen oder ins Kloster gehen?", fragte Geronimo, der inzwischen bleich in der Küche saß, den Tee trank, den sein Vater ihm gekocht hatte, und einen Stapel Butterbrote aß, die seine

Mutter beim Abendessen für ihn geschmiert hatte. „Vielleicht solltest du dein Leben einer der jungen Damen widmen, die hier ständig anrufen und dir Liebesgrüße schicken", meinte sein Vater. „Aber, wenn ich mit einer ausgehe, dann schauen mir doch die anderen nicht mehr hinterher", wimmerte Geronimo. Und der Vater, der Geronimo jetzt das letzte Butterbrot wegschnappte, sah ein, dass sein Sohn noch etwas Zeit brauchte, um sich mit der Damenwelt so richtig vertraut zu machen. Er schenkte sich und Geronimo noch ein anderes Getränk ein, von dem hier nicht weiter die Rede sein soll, und alles in allem passierte an diesem Abend auch sonst nichts Nennenswertes mehr. Aber vielleicht ist es für die eine oder andere Leserin ganz interessant, den schicken Cadillac-Fahrer mit Buttercreme-Frisur, dem sie immer hinterherschaut, einmal etwas privater kennengelernt zu haben.

Mario und Ottilie

Als Mario dreiundzwanzig Jahre alt war, schenkte er Ottilie einen Ring. Das sollte bedeuten, dass er sie heiraten wollte, und sie wollte ihn auch heiraten, hatte aber keinen Ring für ihn, weil sie zu arm war. Darum gab sie ihm den Ring zurück und sagte, sie liebe ihn gar nicht und er sei ihr viel zu eingebildet. Dann vergrub sie sich in ihrem Zimmer. Sie schämte sich sehr, dass sie Mario nichts zu bieten hatte.

Da warf Mario den Ring fort und auch alles sonst, was er besaß, denn er liebte Ottilie so sehr, dass ihm nichts etwas bedeutete ohne sie. Er erzählte Ottilie, dass er alles fortgeworfen habe für sie. Aber sie wurde wütend und meinte, er sei ein Dummkopf und schickte ihn weg.

Mario versuchte noch einige Male, sie zu überzeugen, aber Ottilie sah in ihm immer den gebügelten Typen mit den reichen Eltern und dem großen, blankgeputzten Haus, und es gefiel ihr nicht, dass er um ihretwillen alles aufgegeben hatte. Sie vergaß ihn bald und heiratete einen armen Kerl, den sie zwar nicht liebte, der aber ihrer Meinung nach sehr gut zu ihr passte.

Leider nahm Mario es nicht so locker, und es ist besser für die Leser dieser Geschichte, wenn sie nicht erfahren, wie es mit ihm weiterging.

Die Versammlung der Geister V

In der Versammlung unter der alten Eibe erhob sich einer der Geister. An den Namen seiner Geliebten konnte er sich nicht erinnern, auch nicht daran, was sie von Beruf gewesen war oder wie sie ausgesehen hatte. Zugegeben, das ist nicht besonders viel, und niemand weiß, warum er sich überhaupt erhob, um davon zu erzählen, aber die anderen Geister hörten ihm gebannt zu. Es war immerhin eine Liebesgeschichte. „Und was geschah dann?", fragten die

Geister, als er ans Ende gekommen war. „Was dann geschah, weiß ich auch nicht", behauptete der Geist.

Wenn wir mal ehrlich sind, weiß er wirklich gar nichts, nicht einmal, wie sich Liebe überhaupt anfühlt, und es ist besser, wenn wir diese belanglose Nacht auf dem Friedhof einfach überblättern.

Richard und Heidi

„So", sagte Richard und wusste gar nicht, welch tiefen Einschnitt dieser banale Ausruf in seinem Leben markierte. Soeben hatte er das erste Mal eine Reise im Internet gebucht. Dann ging er in den Garten, zupfte einige Blätter Pfefferminze vom Strauch, setzte einen Kessel mit Wasser auf und deckte den Verandatisch mit den verzierten Tässchen, die Heidi und er einmal aus dem Allgäu mitgebracht hatten.

So saßen sie in der Sonne und tranken Tee voll Vorfreude auf die Reise in ein idyllisches Bergdorf in Österreich.

Einige Wochen später waren sie auf dem Weg nach Süden. Ausgedehnte Spaziergänge über grüne Bergwiesen und ruhige Stunden in Kaffeehäusern warteten auf sie. Aber schon am Abend hegten sie einen gewissen Verdacht, als die Reisegruppe zusammengetrommelt und mit staubigen Mountainbikes ausgestattet wurde. Kurze Zeit später kämpften sie sich auf zwei Rädern den Berg hinauf. „Richard?", murmelte Heidi. Aber Richard tat sehr beschäftigt.

Als sie am nächsten Tag von den Veranstaltern zum Wildwasserrafting abgeholt wurden, waren jegliche Zweifel verflogen. „Richard, was hast du uns nur für einen Urlaub gebucht?" „Einen ruhigen Wanderurlaub mit kulturellen Highlights", stammelte Richard. Das glaubten sie nun beide nicht mehr.

Am nächsten Tag standen sie im Morgengrauen auf, um sich für eine zweitägige Vespatour bereitzumachen. Richard, der wegen seiner schlechten Augen keinen Führerschein hatte, klammerte sich an Heidi. Die Landschaft flog an ihnen vorbei, und nach wenigen Minuten waren sie süchtig nach diesem Gefühl von Freiheit und Abenteuer. Am Abend schlugen sie das Lager unter einem Felsvorsprung auf und saßen bis in die Nacht um ein Lagerfeuer unter dem Sternenzelt. Als sie in ihren Schlafsäcken lagen, waren sie bereits zu verwegenen Abenteurern geworden, die sich, sobald sie wieder zu Hause angekommen waren, eine Vespa kauften, die nun auf der weinumrankten Veranda stand und auf den nächsten wilden Sonntagsausflug des draufgängerischen Ehepaares Richard und Heidi wartete. Sie wollten nur eben noch ihren Pfefferminztee austrinken.

Gerald

Gerald spazierte jeden Abend durch den Wald, zum See und zurück durch den Wald in die Stadt. Jeden Abend ging er denselben Weg, und jeden Abend konjugierte er griechische Verben auf dem Hinweg, rezitierte lateinische Gedichte am See und prägte sich auf dem Rückweg geschichtliche Daten ein. Er hatte im Alter von sechzehn Jahren mit dem dritten vorchristlichen Jahrtausend begonnen und war inzwischen in der Spätantike angelangt.

Wer ihn sah, grüßte ihn mit einem Nicken oder tat, als kenne er ihn nicht, obwohl es kaum jemanden in der Umgebung gab, der ihn nicht bereits zum Inventar der Landschaft zählte.

Jeder wusste, es hatte keinen Sinn, ihn anzusprechen. Gerald war in seine Sprachen und Geschichtsdaten vertieft und interessierte sich nicht für die Leute, denen er begegnete.

Am Tag nach Geralds vierzigstem Geburtstag beschlossen die Waldelfen, dass es so nicht weitergehen konnte, und sie setzten junge Frauen auf ihn an, die sie beim Joggen abfingen und an den See lockten, wo sie Gerald begegnen mussten. Hübsche Mädchen würden diesen Döskopp doch wohl endlich einmal aufmerken lassen. Aber weder Gerald noch die Frauen zeigten besonderes Interesse. Wenn sie einander begegneten, gingen sie schlicht aneinander vorbei. Gerald beachtete die anderen nicht, und er wurde höchstens mit amüsierten Blicken bedacht, während er lateinische Gedichte vor sich hersagte.

Die Schreiberin dieser Zeilen muss einmal Partei für diesen Herrn ergreifen, obwohl sie den Waldelfen sonst nicht ablehnend gegenübersteht. Aber was mischen sie sich eigentlich in die langjährige Routine eines Altertumliebhabers ein? Ist es nicht offensichtlich, dass er sich für weltliche Liebe nicht interessiert?

Walburga und Ulf

Haben Sie je darüber nachgedacht, dass die Floskel *bis dass der Tod euch scheidet* leichtgläubig eine den Tod überdauernde Bindung verwirft, ja gar die Trennung durch den Tod forciert? Dieses Risiko wollten Walburga und Ulf keinesfalls eingehen. Sie entschlossen sich für eine Ehe, die mindestens über drei Leben anhalten sollte. Mit was für bürokratischen Schwierigkeiten das verbunden war, können Sie sich sicher vorstellen, aber die beiden zogen das eiskalt durch.

Christian und Katharina

„Du musst dich nicht wundern, dass die anderen Kinder nicht mit dir spielen wollen, wenn du immer alles besser weißt." Christian war bisher nicht aufgefallen, dass die anderen Kinder nicht mit ihm spielen wollten. Seine Freunde hatten sich nie beschwert, und er hatte auch gar nicht bemerkt, dass er immer alles besser wusste. „Jan weiß viel mehr Sachen viel besser als ich. Und Hannah weiß sogar noch viel mehr, ihre Schwester ist nämlich schon auf dem Gymnasium, und ihr Großvater weiß alles über Flugzeuge, weil er selbst einmal Flieger war", sagte Christian. „Genau das meine ich", antwortete seine Mutter. „Deine besserwisserische Art mag wirklich keiner." Christian kam plötzlich der Gedanke, dass seine Freunde ihn vielleicht gar nicht mochten, sondern nur so taten und sich in Wirklichkeit darüber ärgerten, dass er alles besser wusste als sie, obwohl das doch gar nicht stimmte. Aber wenn sie es dachten, was sollte er tun? Um es ihnen zu beweisen, schrieb er in der Schule extra schlechte Arbeiten und überhaupt sagte er nur noch sehr wenig, damit niemand mehr denken konnte, dass er ein Besserwisser war.

Der stille Christian ging nun nach den Ferien auf eine Realschule, während Jan und Hannah aufs Gymnasium kamen. Und obwohl Christian ein bisschen erleichtert war, dass doch nun niemand mehr einen falschen Eindruck von ihm haben konnte, tat es ihm furchtbar leid, dass er nicht mehr mit seinen besten Freunden in einer Klasse war.

In der neuen Schule fühlte er sich sehr allein, und weil er so betrübt war und Jan und Hannah so sehr vermisste, sprach er noch weniger als zuvor. Es fiel ihm schwer, Freunde zu finden, und seine

Mutter sagte: „Es ist kein Wunder, dass niemand sich mit dir verabreden will, wenn du immer so mürrisch dreinschaust und schlechte Laune verbreitest." Sein Herz wurde schwer wie Blei, wenn er daran dachte, wie Jan und Hannah mit ihren neuen Freunden umherzogen, und dass er nun ganz allein war.

„Die Welt ist ein sehr dunkler Ort. Das weiß ich jetzt wirklich besser als die anderen", dachte Christian. „Denn das können die ja nicht wissen, die den ganzen Tag mit ihren Freunden zusammen sind."

Aber dann ging in seiner Welt plötzlich ein Licht an, und das Licht hieß Katharina. Katharina kam neu in die Klasse, und da neben Christian ein Platz frei war, saß sie in der ersten Stunde neben ihm. „Setz dich erstmal neben Christian. Wir werden nächste Woche die Sitzordnung ändern", kündigte die Klassenlehrerin an. Sie war der Meinung, dass es für die Integration des neuen Mädchens nicht gut sein konnte, neben dem Außenseiter zu sitzen.

Katharina duftete nach Apfelshampoo und Kaubonbons. Unter dem Tisch ließ sie Christian in die Bonbontüte greifen. Katharina, die in dieser neuen Welt kein Wort von dem verstand, was um sie herum geredet wurde, konnte von Christians unerträglicher Besserwisserei nichts wissen, und der Schatten auf seinem Gesicht, der die anderen fernhielt, war nicht größer als der ihre, denn auch sie vermisste ihre alten Freunde.

Als in der nächsten Stunde die Plätze in der Klasse neu verteilt wurden und die Lehrerin Katharina gerade zwischen Johanna und Lina platzieren wollte, griff Katharina nach Christians Hand und gab der Lehrerin mit einem Blick zu verstehen, dass sie ihre Fruchtbonbons auch weiterhin mit ihm teilen wolle. Natürlich ahnte die Lehrerin von den Bonbons nichts, und sie ärgerte sich etwas, weil sie nun ihren pädagogisch wertvollen Sitzplan über den Haufen werfen musste, aber den Hauptpersonen dieser Geschichte war das vollkommen egal.

Miriam und David

An einem langweiligen Vormittag in einer langweiligen Schule mit langweiligen Lehrern und langweiligen Fächern langweilte sich Miriam halb zu Tode. Die Lehrerin redete und redete und hörte nicht auf. Sie hatte es sich in den Kopf gesetzt, die Klasse mit Binsenweisheiten zu quälen. Miriam glaubte, dass ihr Kopf implodieren würde, wenn sie diesem Unsinn noch länger lauschen müsste. Sie beobachtete David, der ihr gegenübersaß und Comics zeichnete. Sie hielt es für eine gute Gelegenheit, ihm einen Liebesbrief zu schreiben. „Lieber David, willst du mit mir gehen? Ja, nein, vielleicht. P. S.: Langweilst du dich auch zu Tode?"

„Hi Miriam", schrieb David zurück. „Ja, bin schon halb tot, aber nicht ganz, ich kann trotzdem noch mit dir gehen." Er hatte eine Zeichnung der Lehrerin dazugelegt. Miriam fand, sie war sehr gut getroffen, und schon läutete die Schulglocke.

Bronko und Frideldideldingdong

Bronko war ein schmales Kerlchen, und er dachte, er müsse erst einmal einige Kilo zulegen und Muskeln bekommen, um seinen Namen mit Würde tragen zu können. Diese Idee hatten ihm die anderen Kinder in den Kopf gesetzt, indem sie ihm „Bronkolein-Dünnbein" hinterherriefen. Jedes Mal, wenn er sie rufen hörte, verkrampfte sich sein Herz ein wenig mehr und weigerte sich, ihn größer und stärker zu machen. Stattdessen wurde er immer dürrer und dürrer, bis er schließlich fast nur noch ein Strich war. „Ich brauche mich gar nicht in ein Mädchen zu verlieben", dachte Bronko. „Ich bin schon so kurz davor, gar nichts mehr zu sein, dass es sich nicht lohnt."

Das hätte mit ihm ein böses Ende genommen, wenn ihm nicht das Mädchen Frideldideldingdong begegnet wäre. „Ist das wirklich dein Name?", fragte Bronko. „Ja", sagte Frideldideldingdong. „Und alle sagen, das ist ein Name für die Bühne oder für Comedy im Fernsehen. Aber ich möchte Bestatterin werden." „Und du fürchtest, dass die Leute lachen und dich nicht ernst nehmen und dir immer wieder vorschlagen, doch lieber zum Zirkus zu gehen?" „Nein", sagte Frideldideldingdong. „Ich glaube, sie werden sich daran gewöhnen, und bald wird man sagen *Frideldideldingdong* und meinen *die Bestatterin*." „Und wird man dann auch sagen *Bronko* und meinen *ein schmaler verträumter Herr mit einem eleganten Hut*?", fragte Bronko, der sich unbedingt einen eleganten Hut wünschte und später sehr gern eine Bestatterin zur Frau hätte. Schon deswegen, dachte er, würde das mit dem Hut sehr gut passen. „Selbstverständlich", sagte Frideldideldingdong. Und sie legten einander die Arme um die Schultern und scherten sich nicht die Bohne um das Gerede der Leute.

Robin und Isabell

Robin glaubte nicht an Prophezeiungen. Schon die erste Prophezeiung, die über sein junges Leben ausgesprochen worden war, hatte sich nicht erfüllt. Keine vierundzwanzig Stunden hatten die Ärzte ihm gegeben. Als er sechs Jahre alt war, hatten sich bereits diverse weitere Prophezeiungen nicht erfüllt. Robin hatte sprechen und laufen gelernt, und auch wenn er ein bisschen schielte und eine dicke Brille brauchte, um seine Umgebung zu erkennen, fand er immer seinen Weg.

Lesen und Schreiben machten ihm Schwierigkeiten, aber wenn er sich sehr anstrengte, gelang es ihm doch ganz gut, er war sehr zufrieden.

„Du kannst vielleicht ein bisschen lesen", sagte Nino, „aber eine Arbeit wirst du nicht kriegen. Und keine Freundin." „Das kannst du nicht wissen", sagte Robin. Aber Nino hatte es von seinem älteren Bruder gehört. „Du und ich, Robin, wir können keine Freundin haben. Das kannst du mir glauben." Robin glaubte kein Wort von dem, was der Bruder von Nino erzählte. Das war eben ein Schwätzer. Und schließlich hatte er selbst keine Freundin.

Im Sommer beendeten Robin und Nino die Schule und begannen eine Ausbildung in einer Werkstatt. Sie reparierten Fahrräder. Das gefiel Robin besser, als in der Schule herumzusitzen. „Bald kaufe ich ein Fahrrad und fahre durch die ganze Stadt", sagte er zu Nino. „Mit meinem Hund", ergänzte er. Und Nino, der das Leben so schwarzsah, als säße er in einem verrußten Schornstein fest, behauptete: „Das kannst du nicht. Und außerdem hast du gar keinen Hund." Aber Robin hörte ihm gar nicht mehr zu.

Manchmal wurden Fahrräder in die Werkstatt gebracht, die später niemand abholte. Nach drei Monaten wurden sie dann verkauft. Robin gefiel eins der Räder, die auf dem Abstellgleis standen, ganz besonders, und er fragte den Chef, ob er es für ihn zurückstellen könne, bis er genug Geld hatte, um es zu kaufen. Und so legte er vier Monate lang von seinem kleinen Gehalt etwas zur Seite, und an einem schönen Abend im Mai fuhr er nicht mit dem Bus nach Hause, sondern kurvte mit seinem neuen Fahrrad durch die Straßen.

„Du kannst doch gar nicht Fahrrad fahren", sagte Nino. Aber das war bloß Unsinn, denn Robin war längst davongebraust. Er hatte keine Lust, nach Hause zu fahren, denn es war viel zu schön, und er hatte sich viel zu lange darauf gefreut. Nachdem er eine halbe Stunde herumgefahren war, stellte er sein neues Fahrrad an der Eisdiele ab und kaufte sich vier Kugeln Eis. Eine für jeden Monat, den er auf das Fahrrad hatte warten müssen. „Das ist mein neues Fahrrad", erzählte er einer jungen Frau, die einen Eisbecher mit Früchten und Schokosoße vor sich stehen hatte. „Wie findest du es? Ich repariere Fahrräder. Und bald habe ich auch einen Hund." Isabell, die sich offenbar wunderte, dass sie angesprochen wurde, schaute verdutzt auf. Sie warf ihrer Mutter, die mit einem langen Löffel in ihrem Eiskaffee herumrührte, einen fragenden Blick zu. Sie luden Robin ein, sich mit zu ihnen an den Tisch zu setzen.

Wir wissen nicht genau, worüber sie plauderten, aber wir können zumindest so viel sagen: Robin und Isabell waren sich sehr sympathisch, und mit dieser Begegnung wurde einer weiteren Prophezeiung ein für alle Mal der Garaus gemacht.

Clemens und Anne

Als die grüne Landschaft vor dem Zugfenster an Clemens vorbeiflog, beruhigte sich sein Herz. Er hatte gedacht, dass er den Abschied von Anne nicht verkraften würde, dass es ihn entzweireißen würde, wenn er sie verlassen musste. Sie hatte ihn vom Bahnsteig in den Zug schieben müssen, damit er nicht, unvernünftig wie er war, einfach stehenblieb, um noch ein wenig bei ihr zu sein.

Aber während die Sträucher am Gleisrand ihre flackernden Schatten ins Abteil warfen und das Licht der untergehenden Sonne seiner Seele Trost spendete, schienen ihm die fünfzehn Kilometer Entfernung, die er soeben mit dem Vorortzug zwischen sich und seine Geliebte brachte (mit der er eben das langweiligste Deutschreferat vorbereitet hatte, das je gehalten werden sollte), gar nicht mehr so gravierend zu sein.

Die Versammlung der Geister VI

„Die Grabsteine sind älter als wir", behauptete einer der Geister unter der im Morgengrauen matt schimmernden Eibe. „Ach was", meinte ein anderer. „Seelen sind älter als Steine." „So ein Unsinn", sagte nun ein Dritter. „Steine sind natürlich älter. Vor hundert Millionen Jahren gab es keine Menschen, wohl aber Felsen! Da hast du es!" „Was streitet ihr schon wieder herum? Ich glaube, die Nacht war heute etwas zu lang", fuhr eine Geisterfrau dazwischen.

Die Friedhofskatze schlich vorüber und warf den Versammelten einen durchdringenden Blick zu. Die Geister bemerkten, dass es Zeit für sie war, den Platz zu verlassen, denn der Morgen war nah, und die Amseln begannen zu singen. Sie alle machten sich bereit für einen langweiligen unterirdischen Tag in der Kälte.

„Wartet!", rief die Geisterfrau, bevor alle sich davongemacht hatten. „Vielleicht sollten wir die Neue einmal zu Wort kommen lassen. Ich habe gehört, sie war in ihrem Leben eine Schmonzettenautorin. Wer ihr begegnet, schleppt sie her heute Nacht!" Sie gingen auseinander.

Das Kätzchen rollte sich auf der Friedhofsmauer zusammen. Bis um Mitternacht war der Friedhof wieder ihr Revier.

Igor

Jede Nacht im Traum begegnete Igor einer Frau. Die beiden hatten beschlossen, dass sie ihr Leben miteinander verbringen wollten.

„Kannst du vielleicht mit in die Wirklichkeit kommen, wenn ich aufwache?", fragte er. Aber sie schüttelte den Kopf. Sie wollte in ihrer Welt bleiben. Leider wusste Igor nicht, wie er in die

Traumwelt umziehen konnte. Irgendwie bekam er keine dauerhafte Aufenthaltsgenehmigung, und so blieb es zwischen ihnen vorerst bei einer Fernbeziehung.

Jeremy und Josephine

Der Geschmack von frisch geschnittenen Salatgurken erinnerte Josephine an die Sommerabende ihrer Kindheit, an die Zeit in dem großen Haus, in dem Jeremy ihr Bruder und zugleich ihr bester Freund gewesen war.

Es war kein gewöhnliches Kinderheim. Sie lebten auf einem Hof mit Schweinen, Hühnern, Kaninchen und Katzen. Hinter dem Haus gab es einen Gemüsegarten. Sie standen zwischen den grünen Sträuchern und pflückten, was die Schnecken übrigließen. Es war eine gute Zeit. An ihre Eltern konnte Josephine sich nicht erinnern. Es kam ihr vor, als habe sie schon immer auf dem Hof gelebt. Jeremy vermisste seine Eltern, und er sagte immer, er werde irgendwann zu ihnen zurückgehen. An seinem achtzehnten Geburtstag verließ er den Hof. Er wollte sich auf die Suche nach seiner Familie machen. Er küsste Josephine zum Abschied. Dann ging er, und Josephine fand es gemein, dass er sie verließ, um irgendwelche Idioten zu suchen, die ihn verlassen hatten. Er war so ein Dummkopf!

Das war zehn Jahre her, und als sie an diesem Abend die Gurken für den Salat schnitt, dachte sie wie immer an ihr altes Zuhause, an den Garten hinterm Haus und an Jeremy. Alles wiederholte sich und nichts geschah, es waren immer wieder dieselben Gedanken. Dann klingelte es an der Tür, und davor stand Jeremy. „Hast du deine Familie gefunden?", fragte Josephine. „Erst jetzt", stammelte Jeremy.

Sie packten den Salat und jede Menge belegte Brote ein und fuhren ins Grüne. Es war wie früher, nur, dass Jeremy jetzt kein Dummkopf mehr war.

Betreff: Heute Abend

Immer wenn ich an diesem Café vorbeikomme, in das du mich einmal fast eingeladen hättest, muss ich an dich denken, und mir kommen die Stunden in den Sinn, in denen wir lange Wanderungen am Meer und durch die Wälder unternommen haben, auf der Wiese in der Sonne gelegen und in der Nacht die Sterne gezählt haben könnten, wenn wir uns getroffen hätten. Die wunderschönen gemeinsamen Tage, die wir beinahe hatten, sind mir die teuersten Schätze der Erinnerung. Leider muss ich unser Treffen heute Abend absagen, denn ich lese gerade einen wundervollen Roman, den ich unmöglich unterbrechen kann.

Bisous, T.

Carlo und Claudia

Carlo war in Claudia verliebt, und er hatte es sich in den Kopf gesetzt, dass er sie erobern müsse. Er hatte einige Recherchen angestellt, wie man das Herz einer Frau gewinnt. Damit kannte er sich jetzt wirklich aus. Am Montagmorgen vor Arbeitsbeginn betrat er ihr Büro und drapierte einige Pralinen auf ihrem Schreibtisch. Dann eilte er mit vor Aufregung rasendem Herzen in sein eigenes Büro, schaltete den Computer an und begann, als wäre nichts, Stapel von Dokumenten und Zeitschriften zu sortieren.

In der Mittagspause schlich Carlo in der Teeküche herum, in der Hoffnung, Claudia dort zu begegnen. Er machte sich große Hoffnungen. Vielleicht würde sie den mysteriösen Umstand erwähnen, dass heute Morgen Pralinen auf ihrem Schreibtisch gelegen hatten.

Claudia hatte die Pralinen mit ihrer Kollegin Petra geteilt und da sie längst aufgegessen waren, auch längst wieder vergessen. Carlo wartete vergeblich auf Claudia, die die Mittagspause mit Petra in einem Bistro verbrachte.

„Ich muss ihre Aufmerksamkeit anders auf mich lenken", dachte Carlo und er recherchierte diesmal etwas gründlicher, indem er drei Abende lang Liebesfilme schaute.

Am Donnerstag früh stellte er sich mit einer Margerite, die er sich zwischen die Zähne geklemmt hatte, neben Claudias Schreibtisch, versuchte lässig auszusehen und wartete darauf, dass sie eintraf. Allerdings war es Petra, die das Büro als nächste betrat, um einige Briefe auf Claudias Schreibtisch abzulegen. Sie konnte sich ein Schmunzeln nicht verkneifen.

„Hast du schon mal darüber nachgedacht, sie einfach anzusprechen?", fragte Petra und knuffte Carlo halb belustigt halb ermutigend in die Seite. „Ansprechen –", wiederholte Carlo verblüfft. In diesem Moment betrat Claudia das Büro, legte ihre Sachen ab und musterte Carlo, der immer noch mit der Margerite im Mund dastand und sich auf ihren Bürostuhl stützte. Er fühlte sich etwas schwach und dachte, es sei das Beste, sich ein wenig auf den Fußboden zu legen. Gesagt, getan. Als er wieder erwachte, befand er sich auf einem Sofa im Pausenraum. Auf dem Tisch stand ein Wasserglas mit einer Margerite und daneben eine Karteikarte, auf der sein Name stand. Carlo drehte die Karte um: *Sieh zu, dass du um zwölf wiederhergestellt bist, ich lade dich auf einen Kaffee und Sandwiches ein. Claudia*

Die Kette

Es war Sonntagmorgen. Martin suchte in der Corn-
flakespackung nach einem Schatz. Manchmal waren sogar zwei Schätze drin, aber diesmal fand er
keinen einzigen. Daran war ganz klar Maja schuld,
die sich wahrscheinlich nachts heimlich in die Küche geschlichen hatte, um die Cornflakes nach dem
Schatz zu durchsuchen: eine Herzkette, die die
Farbe verändern und ein Geheimnis verraten konnte, nämlich, ob jemand in einen verliebt war. Wie
immer hatten sie sich schon beim Einkaufen darüber gestritten, wer den Schatz bekommen sollte.
Maja war der Meinung gewesen, dass es sich ein-
deutig um eine Mädchenkette handelte. Das fand
Martin eigentlich auch, trotzdem wollte er sie unbedingt haben, denn dann konnte er endlich herausfinden, ob Stina in ihn verliebt war. Und wenn ja –
dann könnte er ihr die Kette schenken. Das wäre
ein viel besseres Geschenk als dieser dumme Glit-
zerstift, den Zaal ihr letzte Woche geschenkt hatte.

Martin sprang vom Küchentisch auf und stürzte
sich auf Maja, die noch im Bett lag und Comics las.
Er riss ihr das Heft aus der Hand und verlangte die
sofortige Herausgabe der Kette. Aber Maja hatte
sie nicht. „Natürlich hast du sie, gib sie sofort her",
rief Martin, aber sie hatte die Kette wirklich nicht.
Er kannte seine Schwester. Sie konnte gut stehlen,
aber sie konnte nicht gut lügen. Schließlich sprang
sie aus dem Bett und durchwühlte die Cornflakes-

Packung nach der Kette, die sie mindestens genauso dringend haben wollte wie ihr Bruder. Aber da war keine Kette. „Die haben einfach den Schatz vergessen, das ist so gemein", wiederholte Maja immer wieder, während sie griesgrämig ihre Cornflakes aßen.

Ulrich und Gretel

Ulrich studierte den Dienstplan, um herauszufinden, welche Linie Gretel heute fahren würde. Er hatte Glück, sie würden sich mittags im Depot Süd kurz begegnen. Es war ein guter Tag. Manchmal fuhren sie tagelang aneinander vorbei, aber diese Woche fing gut an. Er hatte ein kleines Geschenk für sie, und das würde er ihr heute geben, ganz lässig nebenbei, als wäre es nichts Besonderes.

Seit über zwei Jahren, seit Ellen gestorben war, war Ulrich nicht mehr so glücklich und beschwingt gewesen. Auch Gretel hatte ihren Mann verloren, aber war sie schon wieder bereit für eine neue Beziehung? Ulrich konnte nicht anders, er musste es herausfinden, bevor irgend so ein Volltrottel wie Bernhard sie ihm wegschnappte. Der Typ aus der Zentrale hatte ihr letztens die aufdringlichsten Komplimente gemacht, und ihr hatte das auch noch gefallen. Er musste etwas tun.

Da war sie! Ulrich nahm allen Mut zusammen und zog eine kleine Kette aus der Tasche, die er aus der Cornflakes-Packung seiner Kinder stibitzt hatte. Das war nicht so ganz ok, aber sie würden es ihm schon verzeihen. Mit hochrotem Kopf und rasendem Herzen reichte er Gretel die Kette und stammelte etwas davon, dass er gern einmal mit ihr ausgehen wolle.

Gretels Augen leuchteten beim Anblick der Kette. „So eine habe ich mir als Mädchen immer gewünscht", murmelte sie ebenso verlegen und fiel Ulrich um den Hals.

Bernhard mit seinen schmierigen Komplimenten konnte einpacken!

Tillmann und Patrizia

Tillmann hatte ein flauschiges Häschen, aber es verwandelte sich in ein gefährliches Monster, das ihn jede Nacht anstarrte und ihm Angst machte. Er hatte ein glänzendes Fahrrad, aber es verwandelte sich in einen störrischen Esel und lief ihm davon. Er hatte eine nette Lehrerin, aber sie verwandelte sich in eine Furie und machte ihm das Leben schwer. Tilmann hatte einen Job in einem Bistro, wo ihm die jungen Frauen nachschauten und ihm so viel Trinkgeld gaben, dass er sich bald einen kleinen Wagen kaufen konnte. Aber das Bistro verwandelte sich in eine schmutzige Tankstelle und der Wagen in ein rostiges Wrack. Eines Morgens trat er vor die Tür, und sein Auto sah aus, als hätte es zehn Jahre am Grund eines Sees gelegen. „Irgendwas stimmt doch hier nicht", stellte Tillmann fest. Er erzählte Alex davon. Alex war sein bester Freund, aber er verwandelte sich in einen Verräter und erzählte herum, Tillmann hätte den Wagen geklaut.

Tillmann zog in eine Hütte im Wald, um diesem Fluch zu entkommen. Hin und wieder kam jemand vorbei, ein Wanderer oder eine Kräuterfrau, aber er schickte sie alle weg. Er dachte an den *Doktor Faustus*. Aber so etwas war es ja wohl nicht. Er konnte sich nicht erinnern, einen Pakt mit dem Teufel geschlossen zu haben, und eine besondere Gabe hatte er auch nicht.

Einmal kam Patrizia zu ihm. Sie waren zusammen in der Schule gewesen, und als sie von Tillmanns Einsiedelei erfuhr, beschloss sie, ihn zu besuchen. „Verschwinde", begrüßte Tillmann sie.

Patrizia dachte nicht daran, zu verschwinden. Endlich war sie Tillmann einmal allein begegnet. Als sie Kinder waren, hatte sie ihn schon gemocht, aber sie hatte sich nie getraut, ihn anzusprechen. Alle Mädchen hatten ihm hinterhergesehen, und dann hing er immer mit diesem Alex zusammen.

„Hau endlich ab", rief der Einsiedler in seiner Hütte, aber Patrizia hörte nicht darauf. „Warum bist du denn ganz allein hier draußen?", rief sie durch die Tür zurück. „Verstehst du nicht", brummte Tillmann. „Kannst du nicht wissen", rief Patrizia, und Tillmann erzählte ihr durch die Tür hindurch, wie alles, was in seinem Leben gut gewesen war, sich ins Gegenteil verkehrt hatte. „Und jetzt geh!"

Patrizia ging, aber am nächsten Tag kam sie zurück und legte dem verbitterten Tillmann ein Päckchen vor die Tür. Darin war ein zerschlissenes Hemd mit einem schwachen, unkenntlich gewordenen Muster und eine Grußkarte. Tillmann dachte schon, Patrizia sei ein bisschen *plemplem*. Das alte Hemd sah wirklich schlimm aus, aber es duftete nach Veilchen. Eigentlich gefiel es ihm ganz gut, und er trug es als Nachthemd. Er legte sich schlafen und träumte von besseren Zeiten, vielleicht träumte er auch von Patrizia, die er sehr gern hatte, aber er wusste ja, wohin das führen würde.

Als er am Morgen erwachte, suchte er mit der Nase, noch bevor er die Augen öffnete, nach dem Veilchenduft. Halb erwartete er, dass dieser sich in etwas Scheußliches verwandelt hatte, aber er hing noch immer schwach in der Luft. Er setzte sich auf und wollte eben aus dem Bett steigen, als er bemerkte, dass er ein ordentliches, sauberes Hemd mit Blütenmuster trug. Ein bisschen alte-Tanten-mäßig, aber das spielte ja keine Rolle. Er wusste sofort, was das bedeutete. Patrizia hatte seinen Fluch aufgelöst und umgekehrt. Er stand schon am Fenster und winkte, als sie wiederkam, um ihn abzuholen.

Was für ein absurder Quatsch, denken Sie vielleicht, wer wird heutzutage schon noch von Flüchen heimgesucht, die von unscheinbaren Damen mittels zerschlissener Hemden ins Gegenteil verkehrt werden? Aber es lässt sich nichts dagegen sagen, das alles ist wirklich passiert.

Teil III

*Nicht vielen Menschen wird es zuteil, von einer
Sternschnuppe erschlagen zu werden.*

Absurde Geschichten über die Liebe

In den alten Geschichten verlieben sich immer die ineinander, die nicht zueinanderkommen können, weil die gesellschaftlichen Umstände es nicht zulassen. In den neueren Geschichten sind es die Illusionen, die sich die Liebenden voneinander machen, die der Realität nicht standhalten können, und in den absurden Geschichten, die weder alt noch neu sind, weil sie außerhalb von Zeit und Raum stattfinden, vergessen die Protagonisten überhaupt, sich zu verlieben, weil ihnen andere Dinge wichtiger erscheinen. In manchen Geschichten lassen sich gar nicht erst Figuren blicken, weil ihnen alles zu theoretisch und langweilig ist und weil sie sich nach den guten alten Geschichten sehnen, in denen sie sich noch ineinander verlieben durften.

Yggdrasil

Annie hatte sich an den Stamm einer Esche gelehnt und lauschte dem Wind, der nahegelegenen Quelle und dem Geraschel des Eichhörnchens, das zwischen den Blättern hin und her huschte. In ihrer Tasche hatte sie einen Stapel Bücher. Es waren alles Geschichten, die sie auswendig kannte. Und in der Hand hielt sie einen Stift, mit dem sie Seite um Seite füllte. Jeden Tag kam sie zu der Esche an die Quelle und schrieb. Über Menschen, die sich suchen, über Menschen, die sich finden, über Menschen, die sich verlieren und wiederfinden und wieder verlieren und über Menschen, die an den Quellen sitzen und schreiben, und niemals andere Menschen treffen.

Die Versammlung der Geister VII

Zwei bleiche Geister führten eine jung verstorbene Frau zur Versammlung unter der alten Eibe. „Und Sie waren also Schmonzettenautorin?", bestürmten sie die anderen Geister, die sie schon sehnsüchtig erwartet hatten. Eine ehemalige Schriftstellerin (noch dazu von Liebesromanen) musste etwas zu erzählen haben. Die Jenseitigen waren verrückt nach Geschichten über Liebende. Fast spürten sie dann die Wärme in die Wangen steigen und die nicht mehr vorhandenen Herzen schlagen.

„Ja, ich habe Geschichten geschrieben", sagte die Autorin. „Aber sie waren nicht besonders gut. Niemand wollte sie lesen. Selbst auf den Ramschtischen sind sie liegengeblieben." Das wollten die Geister nicht glauben. Sie schwiegen die Neue erwartungsvoll an. Sie sollte erzählen.

„Also gut. Christa – sie war eine stille Frau, ungefähr vierzig Jahre alt. Sie war eins von diesen traurigen Mädchen gewesen, das nie den Mund aufmachte. Die Eltern hatten sie in die Hauswirt-schaftslehre geschickt. Dann hatte sie einen Näh-kurs gemacht und in einer Schneiderei gearbeitet. Sie hatte Olaf geheiratet, weil die Eltern mit ihm einverstanden waren und erwarteten, dass sie eine anständige Familie gründete. Sie hatte sich nie selbst gefragt, ob ihr dieses Leben gefiel. Doch eines Tages wachte sie auf, sah in den Spiegel und dachte, dass irgendetwas nicht stimmte. Der Kaffee schmeckte nicht wie immer und die Brötchen wa-ren nicht wie immer. Der Nachrichtensprecher flüsterte: ‚Denk doch mal nach.' Sie dachte nach. Sie wusste eigentlich schon lange, was nicht stimmte in ihrem Leben. Sie tat ihre Arbeit nicht gern. Sie liebte Olaf nicht. Sie mochte die Woh-nung nicht, in der sie lebten. Und sie war zu alt, um diesen Fehler zu korrigieren. Wer würde jetzt noch mit ihr eine Familie gründen, um die Welt reisen? Ein kleines Haus in den Bergen wünschte sie sich, einen liebenswürdigen Partner, einen Scherzbold wie Matthias, eine Schar Kinder – Olaf wollte nie Kinder, und jetzt war es vielleicht für immer zu spät."

Die Geister seufzten. Fast jeder von ihnen wuss-te, wie das war. Irgendwann war es einfach vorbei, und was versäumt war, war versäumt. „Tu es jetzt!", wollten sie Christa zuflüstern. „Warte nicht länger! Geh zu Matthias, dem Scherzbold, jetzt gleich." Aber sie schwiegen, denn die Geschichte ging weiter: „Christa wählte Matthias' Nummer, legte aber gleich wieder auf. Sie wollte es ihm nicht am Telefon sagen. Sie stieg in den Wagen und fuhr zu ihm. Matthias war ein verrückter Kerl, der Einzige, den Christa kannte, der braun-karierte Krawatten trug. Er lebte in einer Bruchbude, für die er kaum die Miete zusammenbrachte. Er stieg sofort ein. Er hatte nur auf sie gewartet."

„Wie ging es weiter?", fragten die Geister. „Haben sie die Stadt verlassen?" „Nicht nur die Stadt, das Land! Wenn man so will: die Welt. Sie lebten fortan in ihrer eigenen Welt, denn sie hatten lange genug in fremden Welten gelebt. Sie fuhren umher und fanden einen Ort, an dem sie bleiben wollten. Bald gehörte ihnen ein kleines Haus in den Bergen. Sie waren glücklich, und die Menschen kamen zu ihnen, denn jeder war gern Gast in diesem freundlichen Haus." „Aber Kinder konnten sie doch wohl nicht mehr bekommen? Waren sie nicht schon zu alt?" „Sie bekamen eine Tochter und einen Sohn. Die Kinder waren ganz allein auf der Welt. Wo sollten sie hin? Jeder, der Christa und Matthias kannte, dachte, dass es für die Kinder das Beste sei, wenn sie in dem Haus aufwuchsen, in dem sie selbst so viele schöne Stunden verbracht hatten." „Dann wurde ihr Traum wahr." „Ja."

Das wärmte allen das Herz, und die Geister waren froh, eine so begabte Autorin in ihrer Mitte zu haben.

Hygelac und Blanscheflur

Einmal verliebte sich Hygelac, der König der Gau-
ten, in Blanscheflur, die Schwester des Königs von
Cornwall. Die Leute hatten früher wirklich komi-
sche Namen! Natürlich konnten sie niemals zusammenkommen, im Grunde war es schon rätsel-
haft, wie sie es überhaupt geschafft hatten, einander
zu begegnen.[11] Aber wenn erst einmal ein Schritt
zum Unmöglichen getan ist, ergibt sich das Übrige
wie von selbst.

In ihrer geheimen Zeitkapsel, die sie so vorge-
funden oder von einem mächtigen Zauberer hatten
erschaffen lassen, gründeten sie eine bürgerliche
Familie, denn von höfischen Zwängen hatten sie
beide die Schnauze voll. Sie bekamen fünf Kinder,
und gaben ihnen die Namen Anfortas, Trevrizent,
Herzeloyde, Repanse und Schoysiane. Die Kinder
hatten keine Ahnung!

Wie es sich für gute Bildungsbürger gehörte,
schickten die Eltern ihre Kinder zum Klavier- und
Geigenunterricht und ließen sie mehrere Sprachen
lernen. Manchmal wurden sie wegen ihrer komi-
schen Namen von den anderen Kindern ausgelacht.

---

[11] Hier könnte jetzt eine Erklärung stehen, warum es
ganz unmöglich ist, dass Hygelac und Blanscheflur sich
überhaupt treffen konnten, aber dazu müsste man wirklich ziemlich weit ausholen. Stattdessen soll hier ganz
allgemein einmal auf die Existenz von Suchmaschinen
verwiesen werden.

Aber alles in allem war ihr Leben ganz geordnet und glücklich. Nur Herzeloyde machte den Eltern einige Sorgen. Ständig klagte sie über Liebeskummer. Sie behauptete, einmal einen prächtigen Ehemann gehabt zu haben, der im Kampf gefallen war und sie in ihrem Leid zurückgelassen hatte.

„Unsinn", sagten die Eltern. „Das sind Flausen!" Und sie ermahnten sie, die Finger von seelenverderbender Literatur zu lassen. Aber das unabwendbare Erbe ihrer Eltern hatte von ihr Besitz ergriffen. Sie war hoffnungslos romantisch, und wenn sie nicht ihrem angeblichen Ehemann nachtrauerte, spielte sie Wagner auf dem Klavier.

Den Eltern war die Tochter ein Dorn im Auge, weil sie mit ihrem hoffnungslos unzeitgemäßen Charakter die Makellosigkeit ihres neu etablierten Daseins infrage stellte. Doch je mehr sie sie drängten und in das Korsett ihres glattgebügelten Alltags zu pressen versuchten, desto widerspenstiger wurde das Kind. Am Ende verliebte sie sich noch in Hanno Buddenbrook, und was das für ein Ende nehmen würde, kann man sich ja vorstellen.

Alina und der Drachenjunge

Alina kurbelte das Fenster herunter, schloss die Augen und atmete die nach frisch gemähtem Rasen duftende Sommerluft ein, in die sich der Geruch von Benzin und belegten Brötchen mischte. Andere fuhren gern mit ihren Familien in die Sommerferien, Alina nicht. Sie vermisste Tina und Eva, die sich am letzten Schultag fröhlich von ihr verabschiedet hatten. Ihre Eltern kannten sich seit Ewigkeiten, und sie fuhren fast jedes Jahr gemeinsam weg.

Alinas Eltern hatten sich wie immer am Abend vor der Reise gestritten. Schlecht gelaunt hatten sie das Gepäck in den Kofferraum gestopft, ohne ein Wort miteinander zu sprechen. Alina fragte sich, wie alt sie sein müsste, um allein zu Hause zu bleiben, wenn die anderen verreisten.

Alex hielt ihr ein Käsebrötchen unter die Nase. Alina öffnete die Augen und nahm das Brötchen. Alex war erst sechs. In einer halben Stunde würde ihm langweilig sein, und dann würde sie mit ihm Autos zählen und ihm Lieder vorsingen müssen. Bis dahin konnte sie vielleicht noch ein paar Seiten lesen. Alina schlug ihr neues Buch auf.

Ilan der Drachenjunge war seinem bösen Stiefvater entkommen und streifte nun allein durch die Wildnis. Alina folgte ihm. Sie mochte Ilan, er war ein mutiger Junge, aber nicht leichtsinnig und draufgängerisch wie manche Jungen aus anderen Büchern, die sie gelesen hatte. Sie sah ihn vor sich, wie er auf der Suche nach dem Drachen durch die Ebenen streifte. Der alte Drachenmeister hatte ihm aufgetragen, ein Drachenweibchen aufzuspüren. Der Alte selbst war zu schwach geworden. Seit seiner Kindheit hatte er Drachen beschützt und sie vor dem Aussterben bewahrt. Ilan sollte jetzt sein Nachfolger werden, und dies war seine erste Aufgabe. Es war Nacht, und Ilan schlug sein Lager auf. In der Ferne hörte er das Meer rauschen.

„Alina, erzählst du mir eine Geschichte?", fragte Alex. Alina klappte das Buch zu und erzählte Alex von Ilan. Sie erzählte ihm, was sie gelesen hatte, von dem Drachenjungen mit dem weichen Haar, das im Wind wehte, von seiner Stimme, die er am Abend in der Ebene erklingen ließ, um mit einem Ruf, den der alte Drachenmeister ihm beigebracht hatte, Geister zu verscheuchen. Sie erzählte ihrem Bruder, wie Ilan seinem Stiefvater entkommen war, der ihn gequält hatte, und wie es ihm gelungen war, frei zu sein. Sie erzählte, wie er den bösen Drachenjäger überlistet und das Drachenweibchen beschützt hatte, und je mehr sie erzählte, desto mehr kam es ihr vor, als kenne sie Ilan, als sei der Drachenjunge ihr Freund, mit dem sie durch die walisische Ebene gewandert war. Es war ihr, als erinnere sie sich an einen Abend am Feuer und eine Nacht an der Küste, in der sie auf den blanken Felsen gelegen hatten, ganz dicht beieinander unter dem klaren Sternenhimmel.

Als sie aus dem Auto stiegen, sah Alina sich verwundert um. Sie waren zu Hause. Waren sie nach der Autobahnraststätte umgedreht? Oder war dies schon die Rückfahrt gewesen? Das einzige, woran sie sich erinnerte, waren die Abenteuer in einem fremden Land mit dem Drachenjungen Ilan, mit dem sie auf den Felsen gelegen und die Sterne gezählt hatte.

Tristan und Isolde

Markus und Tristan hingen in einem Club herum, und Markus, der die Augen nicht von seiner Auserwählten abwenden konnte, war doch zu schüchtern, sie einfach anzusprechen. Er bat seinen Freund, das für ihn einzufädeln. „Du könntest sie doch mal ein wenig anrempeln und ihr Getränk verschütten, dann entschuldigst du dich, sagst, du gibst ihr zur Wiedergutmachung was aus, bringst sie mit her, und dann verliebt sie sich in mich", schlug Markus vor. „Und wenn sie sich in *mich* verliebt?", fragte Tristan unschuldig. Er hatte nicht vor, seinem Freund das Mädchen seiner Träume auszuspannen, noch bevor sie sich überhaupt begegnet waren, aber man kann ja nie wissen. „Quatsch, sie verliebt sich nicht in dich, du hast ihr doch vorher den Cocktail über ihr Kleid geschüttet."

Tristan versuchte, alles genau so auszuführen, wie Markus gesagt hatte. Er behielt die Bar im Blick und stellte sich zufällig genau dann für zwei neue Drinks an, als die wunderschöne Isolde dort gerade eine Cola mit Rum, Kirschsaft und Minze bestellte. „Was für ein scheußliches Getränk", dachte Tristan und stellte sich sehr ungeschickt damit an, so zu tun, als dächte er, das sei sein Getränk, und es dann versehentlich so zu verschütten, dass Isolde in einer Kirsch-Minz-Pfütze aus Cola und Rum dastand und Tristan überrascht und belustigt musterte. Das war doch glatte Absicht! „Na ja", stammelte Tristan. „Kommst du trotzdem mit rüber, mein Freund würde dich gern kennenlernen."

Irgendwie lief alles nicht so ganz nach Plan, und als Tristan versuchte, Isoldes Kleid ein wenig trockenzureiben, küsste sie ihn auf die Stirn. „Nein, nein!", rief Tristan. „Nicht ich. Markus, Markus." Aber er war schon ein bisschen zu betrunken, um sich richtig zu konzentrieren und zog Isolde einfach an der Hand hinter sich her zu Markus. „Du hast sie doch geküsst", behauptete Markus und wollte Tristan schon eine scheuern, aber er und Isolde versicherten glaubhaft, dass sie sich auf keinen Fall geküsst hätten. Und als Markus fragte, wo denn die Getränke seien, die Tristan ihnen ausgeben wollte, sagte Tristan, die habe er vergessen. Und während er sich nun noch einmal an der Bar anstellte, um einen neuen Minz-Cola-Drink mit Rum für Isolde und zwei blanke Gläser Wasser mit Eis für Markus und sich zu bestellen, konnten die beiden anderen sich ja inzwischen etwas näher kennenlernen.

Markus schaffte es irgendwie, Isolde zu überreden, dass sie ein Paar werden sollten, und Tristan war betrübt, weil er Isolde auch sehr mochte. Manchmal traf er sich heimlich mit ihr, aber dann dachte er an seinem achtzehnten Geburtstag, dass er jetzt zu erwachsen sei, um seinen besten Freund zu hintergehen und seine Geliebte ständig in Situationen zu bringen, für die es immer schwieriger wurde, glaubhafte Ausreden zu finden, so dass er sich einfach in ein anderes Mädchen verliebte, das zufällig auch Isolde hieß.

Leider wissen wir gar nicht mehr, wer am Ende mit wem zusammengekommen ist, weil einfach alle Mädchen in dieser Geschichte Isolde heißen und weil Tristan irgendwann so sehr von Gewissensbissen geplagt wurde, dass er darum bat, dass diese Geschichte über ihn nicht bis zum Ende erzählt werde.

Rapunzel

Oben auf dem Kamm, am höchsten Punkt, gibt es einen Aussichtsturm. An Sommertagen und an den Wochenenden ist er immer gut besucht, ein beliebtes Ausflugsziel, zumal die Wirtsstube neben dem Turm für ihre herausragenden Obsttorten bekannt ist, was uns aber gar nicht weiter interessiert.

Wir interessieren uns nur für Jessie, die in den Herbst- und Wintermonaten immer wieder herkommt, in der Hoffnung, diesmal ganz allein oben stehen zu können und den Turm nicht mit anderen Gästen teilen zu müssen. An grauen Regentagen hatte sie manchmal Glück, dann stand sie hier oben, blickte in die Weite und stellte sich vor, sie sei Rapunzel. Dass ihr dabei Wind und Regen ins Gesicht schlugen, war ihr egal. Eines Tages würde ein Prinz angeritten kommen und sie aus dem Turm befreien.

An einem stürmischen Dezembertag, an dem ihr der Hagel auf die Brillengläser schlug, stand Jessie allein auf dem Turm und beobachtete, wie der Wind die Fichten beugte und an allem riss, was nicht in der Erde festgemacht war. Unten in der Gastwirtschaft brannte Licht. Es war ein wunderschöner Tag für Rapunzel, und in dem Tosen des Windes und dem Trommeln des Hagels hatte sie gar nicht bemerkt, dass eine Gestalt den Turm heraufgekommen war. Ein schwarz gekleideter Kerl. Plötzlich stand er neben ihr, ließ sich vom Wind durchwehen, und auch ihm schlug der Hagel gegen die beschlagenen Brillengläser. „Das ist sicher der Prinz", dachte Rapunzel und küsste ihn. Sie hatte ja schon lange auf ihn gewartet. Der Prinz war etwas überrascht, aber nicht abgeneigt.

Uns interessiert es jetzt aber nicht weiter, was sie da oben sonst noch taten. Wir wollen einmal sehen, was es unten im Café heute für Obsttorten gibt, und einen Tee bestellen.

Der brave Prinz

Ein junger Prinz hatte eine heimliche Liebe. Natürlich wusste er, dass daraus niemals etwas werden konnte, denn der König hatte bereits eine Frau für ihn ausgewählt. Die Vermählung war Teil eines Friedensvertrags mit einem benachbarten Reich. Der Prinz wusste, wie wichtig dieser Vertrag für das Reich des Vaters und für das Wohlergehen der Menschen war, außerdem war er sehr gut erzogen, und so klagte er nicht, sondern blickte erhaben drein und versuchte sich würdig in sein Schicksal zu fügen. Der König war sehr zufrieden mit seinem anständigen Sohn, die Königin aber sah hinter der gefassten Fassade die Trauer des Prinzen, auch wenn sie nicht wusste, woher sie rührte, und sie schickte den Hofnarren zu ihm. Erleichtert stellte sie fest, dass die Erheiterung dem Prinzen guttat, und sie wies den Narren an, ihm täglich einige Stunden Gesellschaft zu leisten. Offenbar hatte es ihm an Unterhaltung gemangelt.

Mit Besorgnis beobachtete die Königin, wie nach einigen Wochen, indem seine Hochzeit näher und näher rückte, sich wieder ein Schatten auf das Gesicht des Prinzen legte, wie er düster dreinschaute und seine Augen matt und ausdruckslos ins Leere blickten.

Am Vorabend der großen Hochzeitszeremonie herrschte große Geschäftigkeit im Hofstaat und jeder trug seinen Teil dazu bei, dass die Feierlich-

keiten perfekt wurden und dass alles einen herausragenden Eindruck machte. Der König war sehr
stolz. „Du wirst ein würdiger Herrscher sein, du
und deine Gemahlin, ihr werdet das Reich gerecht
regieren, und kein Preis wird dir zu hoch sein, um
deinem Volk Frieden und Wohlergehen angedeihen
zu lassen." Der junge Prinz nickte und war fest
entschlossen, dem Beispiel und dem Gebot seines
Vaters zu folgen. Auch wenn es ihm wohl das Herz
brechen würde. Denn seine Liebe konnte niemals
der Prinzessin gehören. Und seine Träume würden
sich nie erfüllen. Das ist das Schicksal eines Königs, auf das persönliche Glück zu verzichten um
des Friedens willen, sagte er sich. Doch einen Abschied wollte er sich zugestehen, eine letzte glück-
liche Stunde.

Die Königin war auf dem Weg zu den Gemä-
chern des Prinzen, da sie ihm noch einige gute
Ratschläge geben und ihm Mut zusprechen wollte.
Ihre eigene Hochzeit war ihr in den Sinn gekommen, und sie erinnerte sich daran, wie schwer es ihr
gefallen war, all ihre Mädchenträume aufzugeben
und das Leben ganz den politischen Interessen zu
widmen. Wie gern wäre sie mit irgendeinem wilden
Ritter davongelaufen, hätte Abenteuer erlebt, Drachen gezähmt (denn töten wollte sie diese wundervollen Kreaturen nicht) und wäre die glücklichste
Frau der Welt gewesen. Erst als sie ihr erstes und
einziges Kind bekam, hatte sich ihre Sehnsucht
gelegt, und das Leben war ihr nicht mehr so leer

und traurig erschienen. All das wollte sie ihrem Sohn mit auf den Weg geben, aber als sie den Vorhang zur Seite schob und eben eintreten wollte, sah sie den Prinzen mit dem Hofnarren eng umschlungen. Da verstand sie und ließ den Vorhang sacht wieder zufallen.

Liebeserklärung an den grünen Duden

Meine Schwestern kichern den süßen Jungs hinterher, und meine Brüder versuchen, die Mädchen zu erobern, die schwer zu haben sind. Aber ich liebe den grünen Duden. Er kommt mir nie mit: „Du hast so schöne Augen", er flüstert nie: „Ich liebe dich." Aber er sagt mir, in welchen Fällen bei *sowohl ... als auch* ein Komma gesetzt wird und ob es heißt: „Ein Kilogramm Kartoffeln wird geschält" oder „Ein Kilogramm Kartoffeln werden geschält." Beide Varianten sind standardsprachlich korrekt. Die erste ist verbreiteter, aber im *Kölner Stadtanzeiger* wurde auch schon mal die zweite verwendet. Keine Ahnung, warum es die Leute in Köln interessiert, wenn Kartoffeln geschält werden.

„Auch bei *Haufen*", lese ich „überwiegt der Singular, allerdings kann hier festgestellt werden, dass der Plural vor allem dann vorkommt, wenn

Haufen in einem abstrakten Sinne verwendet wird.“[12]

„Müsste es nicht heißen: ‚… wenn Haufen in einem abstrakten Sinne verwendet werden …‘?“, frage ich kichernd und falle damit zwischen meinen verliebten Schwestern gar nicht auf.

Eine unerhörte Begebenheit

Eines Morgens trat Urs vor die Tür und stellte fest, dass es noch immer nicht geschneit hatte. Er rechnete seit Tagen mit Schnee. Aber Frau Holle schien noch zu schlafen, oder sie war schon zu gebrechlich für die schweren Federbetten. Die Jüngste war sie ja auch nicht mehr. Vielleicht sollte man ihr mal ein paar tüchtige Kinder nach oben schicken, die ihr zur Hand gingen …

„Jakob!“, rief Urs in die Stube. „Geh doch mal nachsehen, wie es der alten Frau Holle geht und hilf ihr ein wenig mit den Betten.“ Jakob machte ein mitleidiges Gesicht. Er wusste, dass sein Vater manchmal etwas verwirrt war und seltsames Zeug quatschte, aber in letzter Zeit nahm es irgendwie bedenkliche Ausmaße an.

Jakob zog seine Jacke an, versicherte seinem Vater, dass er sich um alles kümmern werde und machte sich auf den Weg zu Marie und Marie. Sie

---

[12] Der grüne Duden, Seite 553.

waren Stiefschwestern, und sie hießen beide Marie. In die ältere Marie war Jakob bis über beide Ohren verliebt. Die beiden saßen gerade mit ihren Eltern beim Frühstück und luden Jakob auf Honigbrötchen und Kakao ein. Nach dem Frühstück streiften die drei über die Bergwiesen und schwatzen über dies und das. Jakob erzählte von seinem Vater, dass er wieder angefangen hatte, sich um Frau Holle zu sorgen und dass er ihm hatte versprechen müssen, zu ihr zu gehen, um ihr beim Bettenausschütteln zu helfen. Die Mädchen schüttelten ratlos die Köpfe, sie mochten den alten Urs und sorgten sich um ihn.

„Habt ihr das gehört?", fragte die ältere Marie plötzlich. „Was?", fragten die anderen. „Na das!" – „Zieh mich heraus! Zieh mich heraus, sonst verbrenne ich!" Da stand doch tatsächlich ein Ofen mitten auf der Wiese, und aus dem Ofen kam eine Stimme. Sie näherten sich und hörten das Brot nun laut und deutlich rufen. Sie zogen das sprechende Brot aus dem Ofen und steckten es in die Tasche. Es kam ihnen höchst seltsam vor, als sie nun auch einen Baum rufen hörten, der geschüttelt werden wollte. Jeder weiß, dass die Zeit der Apfelernte nicht die Zeit ist, in der mit Schnee zu rechnen ist, aber die jungen Leute wunderten sich über gar nichts mehr. Als sie plötzlich von einer alten Dame mit großen Zähnen eingeladen wurden, bei ihr Tee zu trinken, sagten sie nicht nein. Sie aßen Brot und Äpfel und tranken Tee, und Jakob erkundigte sich höflich nach dem Befinden der Gastgeberin. „Mein

Vater sorgt sich oft um sie", murmelte er und war ganz durcheinander. Er wusste selbst nicht, was er da sagte. Die Alte wurde verlegen. „Wie gern ich ihn einmal wiedersehen möchte, Jakob!", flüsterte sie. Das war für Jakob ein bisschen zu viel. Fast wäre er in Ohnmacht gefallen. Alles verschwamm plötzlich ineinander und die Welt wurde schwarz. Nur Maries Stimme konnte er hören und er spürte ihre Hand, die seine festhielt. „Jakob!", rief sie. „Was ist nur los mit dir?" Das wusste er selbst nicht. Er saß am Esstisch in seinem Haus, denn es war jetzt sein Haus. Vor ihm lag der Brief, den sein Vater ihm hinterlassen hatte. „Bin bei der alten Holda. Kümmere dich gut um das Haus und den Hof", stand da. Wer war hier nun eigentlich verrückt?

Als er aufsah, blickte er in die Augen seiner geliebten Marie. Sie sah ihn freundlich an, und schon war sie seine Frau und durch das Haus tobten sieben Kinder. War das alles wirklich passiert?

Jakob schloss Marie in die Arme und flüsterte, dies sei das schönste Leben, das ihm bisher angedichtet worden sei, und Marie küsste ihn auf die verdrehte Stirn.

Ansgar

In alten Epen und Märchen, in denen Drachen getötet werden, stehen die Ungeheuer oft für eine Schicksalsaufgabe des Drachentöters. Er muss mutig sein und sich seinem unpersönlichen übermächtigen Gegner stellen. In der Regel gelingt ihm das auch, und er kehrt als Held zurück.

Begleiten wir einmal den Ritter Ansgar ein Stück auf seinem Weg. Ansgar war von seinem Onkel, der sich viel darauf einbildete, ein großer Burgherr zu sein, ausgeschickt worden, den Drachen zu töten, der in irgendeiner entfernten Höhle lebte. Von den gestandenen Männern traute sich keiner an den Drachen heran, und niemand erwartete ernsthaft, dass Ansgar sich auch nur in die Nähe des Ungeheuers wagen würde. Sie wollten ihn nur necken, dachten, dass er es schon in der ersten düsteren Nacht allein im Wald mit der Angst zu tun bekäme und schneller wieder zurück sein würde, als sie „Bob ist mein Onkel"[13] sagen könnten. Sie verspotteten den verträumten Jungen und planten für seine Rückkehr ein Gelage, bei dem sie sich auf seine Kosten amüsieren konnten.

---

[13] Hierbei handelt es sich natürlich um einen Anachronismus. In dieser Zeit wäre kein Mensch auf die Idee gekommen, „Bob ist mein Onkel" zu sagen, und ich weiß auch nicht, warum man später damit angefangen hat.

Ansgar hatte keine Ahnung von den hinterhältigen Plänen seines Onkels und dessen Gefolgsleuten. Auf der Suche nach dem Drachen vertrieb er sich die Zeit mit philosophischen Gedanken. Er fragte sich, wer in der Nacht all die Sterne am Himmel anzündete und ob vielleicht jeder Stern einen kleinen feuerspeienden Drachen beherbergte.

In der dritten Nacht fand er die Höhle, von der die Männer gesprochen hatten, und trat einfach ein. Der Drache saß gerade beim Tee und überlegte, welche Plätzchen er dazu essen sollte. Als er den unerwarteten Gast bemerkte, fragte er ihn um Rat. Ansgar bat darum, alle Plätzchensorten probieren zu dürfen, bevor er eine Entscheidung treffe, und schon war er ein gebetener Gast. Er verkostete Plätzchen und Tee, und die beiden ungleichen Gestalten hatten den schönsten Nachmittag seit langer Zeit. Um ehrlich zu sein, sie verstanden sich so gut, dass sie bald glaubten, sie seien füreinander bestimmt. Wahrscheinlich waren sie eine ungewöhnliche Lebensgemeinschaft für die damalige Zeit.

Der Burgherr und seine Gefolgsleute warteten vergebens auf die Rückkehr des Jungen. Sie dachten, der kleine Dummkopf habe sich wohl von dem Drachen fressen lassen. Da kann man einmal sehen, wie unwissend und weltfremd sie waren.

Ernie

Ernie hatte einen geheimen Korridor entdeckt. Seit er ein kleiner Junge war, hatte er immer nach einem Tor zu einer anderen Welt gesucht, aber er hatte nicht damit gerechnet, dass es sich direkt hinter dem Kuhstall auftun würde. Als die alte Mumma plötzlich unter der Last ihrer Jahre zusammenbrach, gab unter ihr der Boden nach. Als man die tote Kuh aus der Senke herausgezogen und weggeschafft hatte, untersuchte Ernie die Stelle. Er wollte die Unebenheit beseitigen und die Kuhle mit neuer Erde aufschütten. Dabei entdeckte einen unterirdischen Gang, der unter der Weide entlangzuführen schien. Schon war Ernie unter der Erde verschwunden. Natürlich war er nicht so leichtsinnig, ohne Licht und Wegzehrung loszugehen. Eine Weile führte der Gang geradeaus, und es gab keine Abzweigungen, bald aber taten sich an den Seiten weitere Gänge auf, die zu unterirdischen Kammern führten. Die meisten waren leer, aber in einigen gab es Fässer und Krüge, die in früheren Zeiten vielleicht einmal Vorräte für Reisende enthalten hatten. Als es Abend wurde, legte Ernie sich in einer der Kammern schlafen. Er träumte, dass er Händlern aus früheren Zeiten begegnete. Er selbst war wie einer von ihnen gekleidet. Er trug ein seltsames Gewand und auf dem Rücken einen Korb mit schwerem Tuch. Einer der ernst dreinblickenden Männer, die ihm entgegenkamen, führte zwei junge

Frauen an Stricken hinter sich her, die um ihre Hälse geknotet waren. Ihre Hände waren zusammengebunden. Die Frauen sahen schweigend zu Boden. Als Ernie an ihnen vorbeiging, streifte er eine der beiden mit seinem Gewand. Sie sah auf und drehte sich im Vorübergehen zu ihm um. Er blieb stehen, und ihre Blicke trafen sich. Ihre Augen waren traurig, aber nicht flehend. Sie wirkte stolz, obwohl ihre Lage verzweifelt war. Ernie fühlte sich zu ihr hingezogen. Er machte kehrt und folgte den drei Gestalten in sicherem Abstand. Er würde die beiden Gefangenen befreien, und wenn er ihnen bis ans Ende der Welt folgen müsste.

Das Gedränge der Reisenden nahm zu. Beinahe hätte er sie aus den Augen verloren. Da waren sie, sie verschwanden in einem der Seitengänge. Ernie folgte ihnen, aber plötzlich war es stockdunkel und er verlor er die Orientierung. Wo war er? Der Korb mit den Waren war nicht mehr da, das zerschlissene Gewandt flatterte ihm um den Leib. Unendlich erschöpft sank er auf den kalten Boden einer steinernen Kammer und fiel in einen tiefen Schlaf. Als er erwachte, suchte er nach seiner Taschenlampe. Er trug seine Farmerhose und die schmutzigen Stiefel. In dem Raum, in dem er sich befand, waren Nischen in die Wand geschlagen, die einmal zur Aufbewahrung von Speisen oder als Betten gedient haben mochten.

Seine Taschenlampe fiel in die hinterste Ecke des Raums. An die Wand gelehnt saßen dort nebeneinander drei Skelette. Zwei von ihnen trugen Stricke um Hals und Hände. Ernie beugte sich zu den beiden jungen Frauen herunter und küsste eine von ihnen auf die Stirn. Ihm war, als seien sie füreinander bestimmt gewesen. Er sah sich mit ihr auf der Weide in der Sonne tanzen, das Haus auf den Kopf stellen, alle Konventionen brechen und alle Fesseln sprengen, aber er war viel zu spät gekommen.

Ernie nahm den Mädchen die Stricke ab, verbeugte sich leise und machte sich auf den Heimweg.

„Ernie, alter Junge", sagte er zu sich selbst. „Das war doch wieder eine von deinen Verrücktheiten, mit denen du dich gerne um die Arbeit drückst." „Nu ja", antwortet er sich selbst, und als er durch die Mulde, die die alte Kuh Mumma bei ihrem Ableben freigelegt hatte, an die Erdoberfläche trat und sich nach der Schaufel umsah, um sich an die Arbeit zu machen, winkte ihm vom Wohnhaus her jemand zu. Ernie klopfte sich den Dreck von der Kleidung und sah ungläubig zum Haus hinüber. Seit Jahren war er auf dem Hof allein. Wer konnte das sein? Seine Schwester sicher nicht, die hatte sich schon seit Jahren nicht mehr blicken lassen. – Es war die Frau mit den traurigen Augen, aber jetzt sah sie kein bisschen traurig aus. Was machte sie hier? „Ich habe die Wohnstube neu eingerichtet", rief sie. „Sieh es dir an!" Ernie zog die schlammigen Stiefel an der Tür aus und folgte der Frau nach drinnen. „Himmel!", rief er aus. „Das ist ja verrückt!" Das ganze Wohnzimmer war von oben bis unten vollgestopft mit winzigen Holzschnitzereien und Stoffblümchen. Dieses Weib hatte doch nicht mehr alle Tassen im Schrank. Er verliebte sich auf der Stelle unbändig in sie, und da sie offenbar ohnehin davon ausging, dass er ihr Ehemann war, bedurfte es nicht viel zu einem glücklichen Leben.

Ida

Vor ungefähr fünfhundert Jahren zog ein Schwarm Wildgänse vom Niederrhein nach Sibirien. Federn trieben durch den Himmel, eine von ihnen landete vor der Tür einer alten Bäuerin namens Ida Krummbein. Ida war die älteste Frau des Dorfes. Vor fast hundert Jahren war sie hier zur Welt gekommen. Mit achtzehn hatte sie den frechen Hennes geheiratet, der den Hof seines Vaters nicht übernehmen und lieber in der Welt herumreisen wollte. Eines Morgens war er auf einer Kuh davongeritten, hatte Ida einfach allein zurückgelassen. Die Leute zerrissen sich die Mäuler, aber Ida sorgte für die Tiere, und ihr Bruder Ernst, den die Dorfleute *den Trottel* nannten, weil er ein bisschen einfältiger war als die meisten, bestellte das Feld. Die Jahre waren gut und die Ernten ertragreich. Ida arbeitete hart, und weil sie die Älteste war, kamen die Menschen zu ihr, wenn sie Rat suchten. Sie kannte gegen alles ein Kraut und hatte für jedes Unglück einen Trost. Aber als ihr Bruder starb und ihre Hände zu schwach geworden waren für die harte Arbeit, ergriff sie eine große Verzagtheit, und sie dachte voller Wehmut an Hennes, der ihr davongelaufen war. Sie hatte keine Kinder, die ihr nun zur Hand gingen, und niemanden, der sich um sie sorgte.

Ida hob die Feder auf und strich damit über das müde Gesicht. Da wurde ihr ganz leicht, als sei sie selbst eine Feder in einem Himmel voller Federn, und die harte Arbeit der vielen Jahre, das Gerede der Leute und die Last der Einsamkeit fielen von ihr ab. Ida sah die Wildgänse vorüberziehen und sie zog mit ihnen. Im Norden würde sie ein neues Leben beginnen. Sicher würde man sie dort schon erwarten.

Virginia und Kenan

Virginia war eine Träumerin. Sie war schon träumend auf die Welt gekommen. Vor lauter Träumerei hatte sie vollkommen vergessen, zu schreien und sich über die Ungerechtigkeit und Kälte der Welt zu beschweren, die jedem anderen Kind beim Eintritt ins Diesseits sofort auffallen, woraufhin es den lautstarken Protest gegen die Unbill des Lebens umgehend zu seinem Herzensanliegen macht. Virginia aber hatte die Augen geschlossen und träumte von wunderschönen Landschaften und der Unberührtheit der mongolischen Taiga.

Einige zwanzig Jahre später[14] im April saß Virginia im Gedenkhain am Rande der großen Wiese hinter ihrem Haus. Ein leichter Wind trieb die Kirschblüten durch die Luft. Sie träumte von fremden Ländern und magischen Büchern, in die man sich hineinlesen konnte.

Gerade ließ sie den Gedichtband sinken, in dem sie gelesen hatte, sah auf und erblickte die Silhouette eines jungen Mannes am Saum des Hains. „Das muss er sein", dachte sie. Kenan, der wilde Junge aus dem Grasland. Jeden Abend hatte sie eins seiner Abenteuer gelesen. Traurig hatte sie das Buch nach der letzten Geschichte zurück ins Regal gestellt. In der Nacht war Kenan in ihrem Traum erschienen und hatte ihr versprochen, dass sie das nächste Abenteuer gemeinsam bestehen würden. „Warte auf mich unter den Kirschbäumen."

Die Blüten schneiten auf sie herab und verfingen sich in ihrem lockigen Haar. Sie steckte das Buch in die Tasche und zögerte einen Augenblick. Die Gestalt rührte sich nicht.

---

[14] Es ist eigentlich nicht korrekt, von *einigen zwanzig* Jahren zu sprechen, weil das wörtlich bedeutet, dass z. B. von sechzig, achtzig oder hundert Jahren die Rede ist. Aber es wäre schade, nur deswegen auf diesen schönen Ausdruck zu verzichten.

Sie schloss die Augen und öffnete sie wieder, nur um sicherzugehen. Dann näherte sie sich dem reglosen Kenan. Jetzt erkannte sie ihn. Als sie vor ihm stand, schauderte sie vor seiner stummen Reglosigkeit. Nur seine Augen schienen lebendig zu sein. Durchdringend sah er sie an. Sie fasste ihn bei der Hand, die mit der Berührung zum Leben erwachte. Sie nahm sein verwegenes Gesicht in ihre Hände und er lächelte. Sie nahm ihn in die Arme, und er hielt sie wie einen lange vermissten Schatz. Sie flüsterte seinen Namen. Aber er blieb stumm. Da küsste sie ihn auf die Lippen, und so gehörten sie nun ganz einander. Er nahm sie mit in seine Welt, wo sie sich bereits in dieser Nacht in das versprochene Abenteuer stürzten.

Willi und Tine

Der Tag, an dem Willi die Entdeckung machte, dass der harte Winter seinen jungen Apfelbäumchen nichts hatte anhaben können, war auch der Tag, an dem sein Tinchen starb. Vierzig Jahre hatten sie gemeinsam verbracht, fünf Kinder waren in diesem Haus aufgewachsen, und jetzt war Willi allein mit dem großen Haus und dem Garten, in dem sie zur Geburt jedes ihrer Kinder und Enkelkinder ein neues Bäumchen gepflanzt hatten. Apfelbäume für die Jungen und Kirschbäume für die Mädchen. Nun hatte Willi Lust, all die Bäume auszureißen und mit der Sense durch den Garten zu gehen, weil er es nicht ertragen konnte, wie schön alles zu grünen begann, wie reich und schön der Garten war, denn sein Herz war nur noch eine leblose Eiswüste ohne Tine.

Er warf sich auf die kalte Erde unter all die Bäume, die sie über die Jahre gepflanzt hatten, und bemerkte nicht, wie ihm die Kälte in die Glieder fuhr, wie sie Besitz von ihm ergriff und ihn hinabziehen wollte in die Tiefe – zu Tine. Vierzig Tage lag er so reglos da und hatte sich schon auf die Ewigkeit eingestellt, da blühten eines Morgens die Kirschblüten über ihn und ein warmer Frühlingswind wehte.

Da stand Willi auf, griff nach dem Spaten und hub eine kleine Grube aus. Dort hinein setzte er ein Mirabellenbäumchen für Tine und schwor sich, noch ein paar gute Körbe Früchte zu ernten, bevor er sich auf den Weg machen würde, um ihr zu folgen.

Der furchtlose Johann

Es stand einmal in einem unbekannten Dorf ein alter Brunnen, der trug die Inschrift: „Wer aus diesem Brünnlein trinkt, dem wird die Flamme seines Herzens auflodern." Da die Dorfbewohner sich nicht sicher waren, was dieser Spruch zu bedeuten hatte, ließen sie lieber die Finger davon. Sie wohnten alle schon so lange in dem Dorf, dass sie auf den Brunnen und die Inschrift gar nicht mehr achteten. In einem heißen Sommer aber verheerte eine große Dürre das Land. Alle Wasserläufe waren ausgetrocknet und die Brunnen versiegt. Allein aus dem Brünnlein mit der sonderbaren Verheißung quoll Wasser wie alle Tage, und es schien sich nicht im Mindesten um die Dürre zu scheren.

Da standen die Leute um den Brunnen und rätselten, ob sie es wagen sollten, ihre leeren Krüge mit dem verwunschenen Wasser zu füllen. Was, wenn es ihnen die Herzen aus dem Leibe brennen würde? Ein sonderbar beherrschtes und abwägendes Volk waren diese Leute, die halb verdurstet noch darüber nachsannen, was im Angesicht des Todes das größere Übel sei.

Da trat der furchtlose Johann aus der Menge und sagte: „Ich bin alt. Bald werdet ihr mich zu Grabe tragen. Ich werde von dem Wasser trinken. Und wenn mir das Herz im Leibe verbrennt, so seid ihr wenigstens gewarnt." Schon schöpfte er Wasser mit den bloßen Händen aus dem Brunnen und trank.

Als er wieder aufsah, erblickte er unter den Gesichtern der Dorfbewohner eins, das ihm ganz besonders erschien. Es war das Gesicht der alten Schneiderin. Er konnte seine Augen nicht von ihr abwenden, so freundlich und lieb erschien sie ihm. Es war, als sehe er ihr direkt ins Herz, das so voller Güte und Sanftheit war. Die alte Schneiderin, die müde und durstig in der Menge stand, wusste nicht

recht, wie ihr geschah, als der Mann vor sie trat und
ihr mit seinen alten Händen sacht über die Wange
strich. Sie fühlte sich an eine ferne Zeit erinnert, als
sie noch ein Mädchen war. Da hatte die Mutter ihr
manchmal über die Wange und über das glatte Haar
gestrichen. Aber früh war die Mutter gestorben,
und seitdem hatte sich niemand für etwas Anderes
interessiert als nur für die Röcke und Mäntel, an
denen sie Tage und Nächte lang nähte und flickte.
Der alte Johann nahm ihren Krug, füllte ihn mit
dem Wasser und gab ihr zu trinken. Da wurde nicht
nur ihr Durst gestillt, sie fühlte sich sonderbar verändert, und auch ihr war es, als könne sie direkt in
das Herz des Alten sehen, der sie erlöst hatte. Vor
Glück stieg ihnen die Röte in die bleichen Gesichter.

Als die Dorfbewohner begriffen, dass das Wasser sie nicht innerlich verbrennen würde,[15] begannen sie nach und nach, ihre Schöpfkrüge mit dem
Wasser zu füllen und ihren Durst zu stillen. Und
jeder fühlte nun in sich eine Liebe erwachen, die
irgendwo tief im Innern geschlummert haben musste. Die Bauleute gingen ihrer Arbeit so leiden-
schaftlich nach, die Gärtner pflegten die Pflanzen
so liebevoll, die Gelehrten lasen die Bücher so
gründlich, die Eltern liebten ihre Kinder und die
Liebenden einander so aufrichtig, dass es bald das

---

[15] Wie hatten sie überhaupt auf diese seltsame Idee ver-
fallen können?

schönste und friedlichste Dorf des ganzen Landes war.

Erstaunlich, nicht? Und man fragt sich, warum diese Leute niemals vorher ihren Mut zusammengenommen oder wenigstens eine neugierige Seele hervorgebracht hatten, die ihnen das Geheimnis des Brunnens hätte erschließen können. Aber das steht alles auf einem anderen Blatt.

Den furchtlosen Johann aber und die alte Schneiderin Anna, die beide ihr Leben in äußerster Trostlosigkeit und Entbehrung verbracht hatten, machten die Quellgeister wieder jung, und sie lebten die wunderbarsten Jahre ihres Lebens in einem mit der Macht der Liebe beseelten Dorf.

Ja, das ist ein bisschen schnulzig, aber ehrlich, die beiden haben es wirklich verdient.

Dornröschen

Manche schlauen Leute sagen, die Dornenhecke, die der Prinz bezwingen muss, um Dornröschen wachküssen zu dürfen, symbolisiere die Jungfräulichkeit der Prinzessin und ihr langer Schlaf den Status der noch schlummernden Sexualität. Das arme Dornröschen wurde durch Feensprüche dazu verdammt, in diesem Zustand etwas länger zu verharren als gewöhnlich, und so wartet das Mädchen hilflos auf den Erlöser.

Aber, nun ja, lange Zeit kam niemand an sie heran. Und sagen wir einmal, Dornröschen gefiel dieses Leben eigentlich ganz gut. Sie schlief und schlief, das heißt: Sie schlief nicht wirklich, sie hatte einfach kein Interesse an all den jungen Männern, die ihr Leben aufs Spiel setzten, nur um sie zu küssen. Manch einer wollte beweisen, was für ein toller Hecht er war, wieder andere waren in Liebe für die reizende Prinzessin entbrannt, ohne sie überhaupt je gesehen zu haben.

Dornröschen genoss die Ruhe und hatte nicht vor, jemals irgendjemanden hereinzulassen. Sie nutzte die Zeit, um zu lesen. Die meiste Zeit verbrachte sie in der Bibliothek im Schloss. Sie las *Winnie the Pooh*, *Pippi Langstrumpf* und *Peter Pan*, und insgeheim hatte sie beschlossen, wie Peter niemals erwachsen zu werden.

Die ‚hundert Jahre' neigten sich langsam dem Ende zu, und die Feen standen immer öfter auf der Matte, um sie an ihre baldige Erlösung zu erinnern. Dornröschen weigerte sich, die notwendigen Vorbereitungen zu treffen. Sie fand Jungs doof, und sie konnte nicht verstehen, dass es Menschen gab, die sich von Dornen durchbohren lassen, um Frauen wachzuküssen, die lieber lasen.

Wenn es doch nur eine Möglichkeit gäbe, zu entfliehen. Sie hatte Bücher gelesen, in denen die Figuren sich in andere Bücher hineinlesen konnten, und Bücher über Zauberer und Magie. Jeden Tag und die halbe Nacht verbrachte sie jetzt in der Bibliothek und versuchte es ihnen nachzumachen. Sie suchte den geheimen Gang, über den sie entkommen konnte, aber sie fand ihn nicht.

Schon waren die hundert Jahre um, und da stand er, ein junger Mann, dem man gesagt hatte, er solle die Prinzessin küssen, damit sie erwache.

„Man hat dich belogen", behauptete Dornröschen. Die Flucht war ihr nicht gelungen, nun musste sie improvisieren. Sie drückte dem verdutzten Kerl, der sein Schwert, mit dem er sich durch die Rosenhecke hatte schlagen wollen,[16] noch in der einen Hand hielt, ein Buch in die andere. *Die unendliche Geschichte* von Michael Ende. Der junge Mann lehnte seine Waffe an eines der Regale, setzte sich in einen Lesesessel unter eines der vielen Fenster, durch die das Sonnenlicht schimmerte, und begann zu lesen.

Nie zuvor war er so glücklich gewesen. Das Umherstreifen zwischen den Königshöfen und Erfüllen blutiger Ritterdienste war nie seine Welt gewesen. So verbrachten sie von nun an ihre Tage in der Bibliothek und lasen und lasen bis an ihr Lebensende. Und um fünf Uhr jeden Nachmittag tranken sie Tee.

---

[16] Es war gar nicht notwendig gewesen, einen Weg durch die Dornenhecke zu schlagen. Sie hatte sich vor ihm aufgetan. Anscheinend wissen diese alten Hecken immer, wem sie guten Gewissens Durchgang gewähren können.

Gustav, Marina und der geheime Teezirkel

Es gibt Menschen, die glauben, wenn der Tee, den sie trinken, nur stark genug ist, würde er ihnen magische Kräfte verleihen. Sicherlich handelt es sich dabei um nicht allzu viele, aber doch genügend, um einen geheimen Zirkel zu gründen, der über die Jahrhunderte unentdeckt geblieben war.[17] Sie konnten ihre Geheimnisse so gut bewahren, dass nicht einmal die Schreiberin dieser Zeilen eine Ahnung hat, was es genau mit dem geheimen Zirkel auf sich hatte und welche magischen Kräfte der Tee dessen Mitgliedern verlieh.

Nur so viel ist bekannt: Gustav, in dessen sonnendurchflutetem Teezimmer sich die Gesellschaft in Kürze versammeln würde, war gerade dabei, einen besonders starken *Assam* zuzubereiten, als es unerwartet schon vor drei an der Tür klopfte. Es war Marina. „Oh, du hast Tee gekocht?", fragte sie und stellte mit Verwunderung fest, dass bereits drei große Kannen Tee und ein Teller Kekse auf dem Tisch standen. Sie hatte Gustav immer für einen Einzelgänger gehalten, der nicht viele Freunde hatte.

„Erwartest du Besuch?", fragte sie. Natürlich durfte Marina von dem geheimen Zirkel nichts wissen, darum behauptete Gustav, er habe am Wo-

---

[17] Das ist kein Wunder: Es lässt sich nichts sich leichter als Teekränzchen tarnen als eine Gesellschaft von Personen, die sich zum Teetrinken treffen.

chenende in einer Illustrierten gelesen, dass Ingo Insterburg (den Marina gar nicht kannte) jeden Tag mehrere Kannen Tee trinke, um schön und fit zu bleiben und dass er, Gustav, dies einmal ausprobieren wolle. Marina fragte, ob sie auch eine Tasse Tee bekommen könnte, aber Gustav schob sie jetzt etwas ungeduldig aus der Tür, denn die geheime Gesellschaft würde jeden Moment erscheinen.

Marina sagte sich, dass Gustav einfach nicht der Richtige für sie sei. Es tat ihr sehr leid und ihr Herz zerbrach ein bisschen, als sie in den Zug stieg, der sie nach Hause brachte. Etwas sagte ihr, dass sie Gustav niemals wiedersehen würde, und da hatte sie Recht. In ebendiesem Augenblick bewirkte die inzwischen vollständige Teegesellschaft durch versehentlich freigesetzte Magie, wie sie nur entsteht, wenn mehrere Personen zugleich eine allzu starke Mischung aus Grüntee und Schwarztee trinken, dass der Raum, in dem sie sich alle befanden, in eine parallele Dimension verschoben wurde, wo sie nun in alle Ewigkeit Tee trinken und Kekse essen, so dass niemand, der der geheimen Gesellschaft angehörte, jemals wiedergesehen wurde.

Auf diese Weise war die Geheimhaltung dieses mysteriösen Zirkels für alle Zeit gewahrt. Die Liebe aber ist demgemäß vollkommen auf der Strecke geblieben.

Juliette

Als ich im Internet danach suchte, was im Allgemeinen für typisch weiblich gehalten wird, fand ich den Hinweis: Frauen mögen Blumen und Schuhe. Dies ist also eine Geschichte über Blumen und Schuhe und – dies wird ergänzt – Kämme, Gürtel und Äpfel und ein Sonderitem, nämlich eine Tasche. Die Frau, um die es in dieser Geschichte geht, heißt Juliette.

Juliette kämmte sich die Haare. Sie stellte sich vor den Spiegel und kaufte am Donnerstagabend sechs Paar Schuhe. Sie stellte die Schuhe in den Schrank und nahm den schönsten Kamm hervor, um sich noch einmal die Haare zu kämmen. Inzwischen war Freitag. Juliette ging auf dem Boulevard flanieren und wurde von einem Herrn korrigiert. Flanieren können nur Flaneure, und Flaneusen gebe es nicht. Sie ging nach Hause, zog sich andere Schuhe an und schritt an der Loire entlang, die in den Atlantik mündet.[18]

Juliette wollte bis an den Ozean wandern, Richtung Südwesten hinüberschwimmen bis kurz vor die Küste von Bimini. Dort wollte sie auf Tauchgang gehen. Denn da liegt Atlantis unter den Wellen verborgen. Aber ein anderer Herr, der auf der-

---

[18] Falls sich jemals jemand die Aufgabe stellen sollte, diese Geschichte in Abschnitte einzuteilen: Bis hierhin ist alles nur Vorgeplänkel.

selben Uferseite ging wie sie, hielt sie an. Er sagte, es sei nicht richtig, dass eine Frau wie sie allein zum Ozean gehe. Er begleitete sie. Sein Name war Jamón (das bedeutet Schinken). Er kam aus Spanien und wollte auch nach Atlantis reisen. Er hatte sein Maultier bei einem Sturm verloren, es war ihm davongeweht. Er konnte ihm nur noch stumm nachsehen, wie es in der tosenden Tiefe des Himmels verschwand, geraubt von einem hungrigen Gott, der den Opferrauch vermisste und zur Rache an den Menschen, die stattdessen den Weihrauch liebten, der ihm so verhasst war, weil er einem anderen Gott galt – Wo waren wir? Was gehen uns die Götter an? Jamón stand allein da, sein Begleiter war fortgerissen worden. Da begegnete ihm Juliette. Sie sollte seine neue Gefährtin sein. „Ich werde Sie beschützen, Madame. Ich bin ein Held", sagte Jamón. Frauen sind ganz verrückt nach Helden und Beschützern. Juliette willigte ein. Gemeinsam gingen sie am Ufer entlang. Der Weg war weit, und bald wurde es Abend. Da wollten sie ein Lager aufschlagen, aber sie hatten kein Zelt, nicht einmal eine Decke, und Jamón, der es gewohnt war, sich am Abend ein bisschen an sein Maultier zu lehnen und sich zu wärmen, sagte: „Es ist sehr kalt. Juliette, bitte wärmen Sie mich doch etwas!" Und Juliette entfachte ein Feuerchen, an dem sie sich wärmten, denn eine Frau hat immer das passende Zeug in der Handtasche, nicht nur Kämme und Lippenstifte, auch Streichhölzer und Reisig.

Feuerholz fanden sie gerade genug für eine halbe Stunde niedrig lodernder Flammen. Und aus den Wolken schauten die Götter herab in der Erwartung eines Opfers, denn sie waren hungrig und litten unter der mangelnden Beachtung der Menschen. Aber diese beiden Menschen dachten nicht daran, Tiere zu opfern und legten sich, als das Feuer erloschen war, in die kühle, steinige Erde am Ufer der Loire und schliefen sehr schlecht in dieser Nacht.

Am Morgen schaute Juliette in ihren Spiegel, denn sie wollte sich kämmen. Jamón sagte: „Springen wir in den Fluss, Madame." Juliette sagte zu ihrem Beschützer: „Zieh dein Hemd aus", und er tat es. Da zog sie einen Gürtel aus ihrer Handtasche und band Jamón damit sein Hemd vor die Augen. „Und wenn ich dich vor dem Ertrinken retten muss?", fragte Jamón. Wie soll ich dir zu Hilfe eilen, wenn ich so blind herumtappe?" Juliette beachtete ihn nicht. Sie entkleideten sich und sprangen in den Fluss. Als sie gebadet hatten, musste sie dem Helden den Weg zum Ufer zeigen. Sie kleideten sich wieder an. Jamón war unzufrieden und beschloss, diese peinliche Niederlage als Held noch denselben Tag wiedergutzumachen. Juliette pflückte Blumen und summte vor sich hin. Sie dachte an Bimini und die Straße nach Atlantis. Jamón aber sann verbissen darauf, wie er die Frau für sich gewinnen könnte. Sie gingen schweigend an der Loire entlang, und nach einer Weile sagte Jamón: „Madame, die Sonne brennt am Mittag so furchtbar heiß, lassen Sie mich Ihre Tasche tragen." Sie gab sie nicht aus der Hand, denn alles, was eine Frau unterwegs einmal brauchen könnte, befand sich darin. „Aber ich kann Ihnen die Jacke abnehmen." – „Jamón!", mahnte Juliette. „Ich möchte es Ihnen doch komfortabel machen." Während er sprach, sah er sie an und stolperte in diesem Augenblick über einen Stein, schlug unglücklich mit dem Knie auf dem harten Boden auf und wollte beinahe mit Wehklagen ansetzen, als er sich besann, dass er sich der Dame gegenüber heldenhaft gebärden müsse. Er pflückte eine Blume, die zufällig in Reichweite wuchs, richtete sich wieder auf und überreichte sie Juliette.

An dieser Stelle geschieht etwas, das in der wirklichen Welt leider nicht möglich ist, aber in dieser Geschichte ohne Weiteres. Es geschah also erstens das:

Juliette lachte amüsiert über das Ungeschick und weil es sie rührte, wie liebenswert Jamón die Situation gewendet hatte. Sie klimperte ihn mit ihren langen Wimpern an und so weiter.

Zweitens aber geschah zur selben Zeit dies:

Juliette band Jamón wieder sein Hemd vors Gesicht, warf ihre Tasche mit dem ganzen Mädchenkram in die Loire und lief so schnell sie konnte, auf dem Weg davon.

Und was geschah dann?

Scherzend und lachend gingen Juliette und Jamón Hand in Hand weiter, am Abend schürten sie ein Feuer, am Tag gingen sie verliebt umher, badeten im Fluss. Niemand, der das sah, wunderte sich, denn die das sahen, das waren nur die Götter, und die kannten es von den Menschen nicht anders. „Die sind so selbstsüchtig", klagte Hera. „Nie denken die an uns. Ich hätte Lust, sie mit ein paar Streichen wieder auf den rechten Weg zu bringen." Aber Zeus flüsterte der Nacht etwas ins Ohr und der Himmel verdunkelte sich für einen langen Tag, das sind drei Tage und Nächte, in denen der alte Herrscher sich zu seiner Gattin und Schwester aufs Lager legte und sie auf andere Gedanken brachte, indem er so und so viele Kinder mit ihr zeugte.

Inzwischen aber war Juliette einige hundert Meter weit entkommen und hatte den Tölpel hinter sich gelassen. Niemand würde sie aufhalten auf dem Weg nach Bimini. Fast schon hatte sie die Küste erreicht. Da lugte der Donnergott von oben herab und sah die unschuldige Frau auf dem Weg. Er musste sie überwältigen. In Gestalt eines Stiers kam er ihr von der Westküste her entgegen. Sie sah ihn schon aus der Ferne. Vorsichtig, als zögere er, näherte er sich ihr und streifte sie leicht im Vorübergehen. „Du kannst mich streicheln, ich bin zahm", sollte das heißen, aber Juliette ließ nur flüchtig ihre Hand über seinen Rücken gleiten und eilte in Gedanken weiter Richtung Ozean. „Gerade recht", sagte sich der Gott. Er wollte sie nämlich ins Meer locken und sie dann entführen. Hera würde es natürlich nicht erfahren. Er konnte sich noch eine Lüge einfallen lassen, um sie zu besänftigen. Vielleicht bekäme sie es auch heraus und würde ihn bestrafen. Das war es wert. Moment – wo war jetzt das Mädchen? Er war auch nicht mehr der Jüngste, da war er doch glatt in die falsche Richtung weitergeschlendert. Er machte kehrt und folgte Juliette. Inzwischen war sie am Atlantik angekommen und stieg ohne zu zögern ins Wasser. Nur einige tausend Kilometer Richtung Südwesten. Schon schwamm sie im Ozean, und der Stier stand verwirrt am Ufer und traute sich nicht, das Wasser zu betreten. Der Schiffsverkehr irritierte ihn. Und wie konnte diese Frau schwimmen! Da würde er sich ja vor seinem Bruder blamieren, wenn der von unten sähe, wie er sich mit seinen alten Knochen hinter ihr her schleppte. Geprellt blieb er am Ufer stehen und schlich dann wie ein geschlagener Hund zurück zu seiner Gattin, die ihn mit einem spöttischen Lächeln empfing.

Hera hatte sich gekämmt und ein übertriebenes Rot auf die Lippen aufgetragen. In der Hand hielt sie einen glänzenden Apfel, gelb auf einer Seite, rot auf der anderen. Sie hatte eine Tasche in der Uferböschung gefunden. Zeus gefiel das. Aber Aphrodite spottete: „Hast du es so nötig, dass du mit diesem Menschentand daherkommst? – Schon wieder ein Apfel? Wenn du dich nicht damit abfinden kannst, dass ich dir an Schönheit überlegen bin, steig doch ganz hinab zu den Menschen oder fürchtest du etwa auch deren Konkurrenz?" Gerade wollte sie gehässig auflachen, da traf sie ein Apfel an der Schläfe. Aber was interessieren uns die Streitigkeiten der Götter?

Juliette hatte einige hundert Meter zurückgelegt, als sie müde wurde und ihr die Kraft ausging. Was hatte sie sich nur dabei gedacht, den Ozean zu durchschwimmen? Doch bevor sie den Mut verlieren konnte, nahm sie die Besatzung eines Geisterschiffs an Bord. „Wo willst du hin?", fragte der Schiffsjunge, der ihr die Jakobsleiter heruntergelassen hatte. „Bimini", sagte sie. „Unsere Richtung", sagte der Schiffsjunge. „Bis Bermuda können wir dich mitnehmen." –

Jeder weiß, dass niemand weiß, was aus denen geworden ist, die über die Bimini Road nach Atlantis gegangen sind, wie Juliette es vorhatte. Und jeder weiß, dass Liebesgeschichten alle gleich enden und dass die Götter, die die Gunst der Menschen verloren haben, sich auf ewig kindischen Manövern und Streitereien hingeben werden. Man kann sie getrost alle sich selbst überlassen. Und was die Frauen angeht, die Blumen und Schuhe mögen, so sollen meinetwegen andere Leute Geschichten über sie schreiben.

Kathrina und Olli

Als Kind träumte Kathrina davon, dass sich irgendwo im Haus eine geheime Tür befand, wie in *Narnia*, wo die Kinder durch einen Kleiderschrank in eine andere Welt gehen. Ihre Großmutter hatte ihr die Bücher vorgelesen, und in der Schule tuschelte sie mit Olli darüber, der die Bücher auch von seinen Großeltern geschenkt bekommen hatte.

Nach der Grundschule zog Olli mit seinen Eltern in eine andere Stadt, und sie sah ihn nie wieder. Er war ihr bester Freund, und als er nicht mehr da war, fühlte sie sich lange Zeit verlassen und allein.

In der neuen Schule hatte sie auch Freunde, aber es war nie wieder wie mit Olli, mit dem sie eine gemeinsame geheime Welt hatte. In der Oberstufe lernte sie Dario kennen. Er führte sie aus, und für kurze Zeit fühlte es sich gut an, mit ihm zusammen zu sein und zuzuhören, wie er seinen Kumpels gegenüber damit angab, das schönste Mädel der ganzen Stadt gefunden zu haben. Aber schon bald merkte sie, dass er ein schnöseliger Lackaffe war, der sie nur zum Vorzeigen brauchte und sich für sie gar nicht interessierte. Manchmal war er grob. Sie ließ es sich gefallen, obwohl sie wusste, dass es verkehrt war.

Dario ging mit einem anderen Mädchen und ließ Kathrina in einem tiefen Loch allein zurück. Dann kam Dennis, dann Kenneth. Sie waren allesamt grob und herzlos. Sie beschloss, sich nie wieder zu verlieben und blieb lange allein. Doch dann war da Heiko. Er war anders, still und sensibel. Er brachte zwei Kätzchen mit in die Beziehung, die er über alles liebte. Er konnte kein schlechter Mensch sein. Das dachte Kathrina. Und doch war er der schlimmste von allen. Wenn er betrunken nach Hause kam, schlug er sie und nahm sich, was er wollte. Manchmal lag er da und streichelte die Kätzchen, dann fiel Kathrina in tiefes Selbstmitleid, aber sie wagte nicht, ihn zu verlassen.

In einer furchtbaren Nacht, nachdem Heiko sie fast ohnmächtig geprügelt hatte und dann völlig betrunken auf dem Sofa eingeschlafen war, schlich sie unruhig durchs Haus. So konnte es nicht weitergehen. In ihrer Verzweiflung öffnete sie ihren Kleiderschrank und dachte daran, wie sie als Kind davon geträumt hatte, durch eine geheime Tür in eine andere Welt zu gelangen. Sie dachte an den kleinen Olli, mit dem sie in der Schule getuschelt hatte. Ihr Körper schmerzte und ein leichter Schwindel machte sie benommen.

Beinahe wäre sie eingeschlafen, aber plötzlich war sie hellwach. „Jetzt oder nie", dachte sie, warf irgendwelche Sachen wahllos in ihre Reisetasche, nahm den Autoschlüssel und fuhr zu ihrer Schwester Tara. Tara bewohnte das Haus ihrer Eltern, die vor einigen Jahren gestorben waren. Sie schloss Kathrina in die Arme. „Hast du es endlich kapiert?", flüsterte sie und strich der Schwester über das zerzauste Haar. „Jemand hat für dich angerufen. Ein Typ namens Olli. Er sagt, ihr seid zusammen in der Grundschule gewesen und er hat nach dir gesucht." Zufälle gibt's!

Die Versammlung der Geister VIII

Irgendwo in der Wüste war der Treffpunkt. Sie hatten sich alle gnadenlos verlaufen, aber das war für Geister kein großes Problem. Sie fragten einfach die einheimischen Dämonen und Dschinn nach dem Weg. Als sie sich nach Mitternacht im kalten Wüstensand niedergelassen hatten und einige bemerkten, dass ihnen die beruhigende Präsenz der alten Eibe und allgemein der schützenden Bäume fehle, richteten sie ihre Blicke gen Himmel, und lange Zeit sprach keiner von ihnen ein Wort. Der ehemalige Weltreisende Moussa hatte ihnen von den Sternen erzählt. „Wir kennen die Sterne, bild dir nichts ein!", riefen die Geister. Aber nun waren sie alle still. Moussa hatte Recht. So etwas hatte keiner von ihnen jemals gesehen.

„Unter diesem Himmel habe ich vor vielen Jahren eine wunderbare Frau geküsst. Sie und ich und die Sterne!" Die Geister seufzten. Wenn es um romantische Geschichten ging, waren sie leicht zu beeindrucken. Aber dieser Ort war etwas Besonderes, das spürten sie alle, und sie verbrachten den Rest der Nacht schweigend versunken in den Anblick der Sterne. Nur Moussa saß ein wenig abseits und spähte in die Dunkelheit hinaus, ob er nicht irgendwo die wunderbare Nefera entdeckte, denn er hoffte, auch sie würde sich nach dem Tod an den einzigen Ort zurückbegeben, der ihnen beiden in ihrem kurzen Leben eine ganze Welt bedeutet hatte.

Die Hexe und der Zauberer

Die Hexe verriegelte ihr Knusperhäuschen und wollte durch den Wald streifen. Sie war nur deswegen zur kinderfressenden Hexe geworden, weil sie irgendwie unausgelastet und emotional verwahrlost war. Es bedurfte eines Wunders, um sie aus diesem desolaten Zustand zu erlösen.

In dieser Zeit, in der die Hexe lebte, war es üblich, dass Personen auf Pferden durch den Wald zogen. Gewöhnlich machten sie allerdings einen Bogen um das Streifgebiet der Hexe, und nur selten verirrte sich ein Jüngling, der sich unvorsichtigerweise von der Jagdgesellschaft getrennt hatte, in die Nähe des Knusperhäuschens. An diesem Nachmittag kam ein lebensmüder älterer Zauberer auf der Suche nach dem entlegensten Ort der Welt in diese Gegend. Er wollte sich dort ungestört zur ewigen Ruhe legen. Wie er so seinen düsteren Gedanken nachhängend durch den Wald streifte, wurde er von einem Lebkuchenduft in die Richtung des

130

Knusperhäuschens gelockt, und es traf sich, dass er eben dort vorüberstolperte, als die Hexe sich gerade auf den Weg machen wollte. Sie stutzten ein wenig, als sie sich so unvermittelt gegenüberstanden. Was sollen wir sagen? Es kann sich nun einmal niemand gegen die stärkste Kraft der Erde wehren, und damit ist nicht die Schwerkraft gemeint, die man unter Zuhilfenahme gewisser Instrumente sehr wohl austricksen kann.

Die Hexe lud den alten Zauberer spontan dazu ein, gemeinsam mit ihr das Haus zu verspeisen, und während sie das taten, fragte sich die Hexe, wie sie je auf die Idee kommen konnte, Kinder zu essen, wo sie doch von dem köstlichsten Backwerk umgeben war. Gemeinsam schufen sie ein neues Haus aus Brot und legten einen schönen Gemüsegarten an. Und so verbringen sie noch heute ihren immerwährenden Lebensabend, denn sie hatten beschlossen, dieses Glück nie enden zu lassen.

Wigald

Nicht vielen Menschen wird es zuteil, von einer Sternschnuppe erschlagen zu werden.

Die Sonne schien allzu hell, das Grün glänzte verräterisch grün, die Luft duftete eine Spur zu auffällig nach Blüten und frisch gemähtem Gras. Wie hätte es nicht ein böses Ende nehmen können?

Wigald dachte an Johanna, während das Monstrum von Sternschnuppe, von dem er eben noch dachte, dass es ihm einen Wunsch erfüllen würde, auf ihn niederging und ihm leider sehr nachhaltig den Garaus machte.

Flora

Flora war ein verträumtes Mädchen. In der Schule hatte sie keine Freunde, die Kinder lachten oft über sie. Sie wusste nicht einmal, warum, und leider hatte sie auch keinen großen Bruder, der sie beschützen konnte. Ihre Mutter war vor langer Zeit weggegangen. Sie konnte sich kaum noch an sie erinnern. Ihren Vater hatte sie sehr gern. Er las ihr oft Bücher vor oder spielte etwas auf dem Klavier für sie. Aber er verstand nicht viel von ihrer Welt. Er bemerkte gar nicht, dass sie einsam war. Am liebsten war Flora bei ihrer Großmutter, die nicht nur Geschichten erzählte, sondern auch zuhörte, wenn Flora sprach, leise und bedacht, denn sie war ein Kind, das nie viel sagte und alles in sich verschloss.

„Der Prinz, der dein Herz erobern will, muss eine lange Reise für die Suche nach dem Schlüssel einplanen", sagte die Großmutter, als Flora dreizehn Jahre alt war und vor lauter Kummer kaum noch jemals den Mund auftat. „Aber er wird ihn schon finden." Sie schloss Flora in ihre Arme, und

Flora träumte davon, für immer im Schutz der Arme ihrer geliebten Großmutter verborgen zu bleiben, die Augen geschlossen, das Gesicht an ihren flauschigen Oma-Pullover geschmiegt. Aber die Großmutter starb, und was blieb, waren die Bücher und das Klavierspiel ihres Vaters. Sie klammerte sich daran, wie an einen Ast im tosenden Strom. Sie schloss die Augen, wenn er spielte und träumte sich in eine andere Welt.

„Wenn du dich treiben lässt", sagte er einmal mitten im Spiel innehaltend, „kommt alles zu dir. Wie von selbst." Dass gerade er das sagte, dem doch die Frau weggelaufen war! Das würde ihr niemals passieren. Denn sie würde niemals ihr Herz öffnen und jemandem erlauben, ihr zu nahe zu kommen, nur um sie wieder zu verlassen. Solange Flora sich in einer Welt aus Büchern und Musik einschloss, blieb sie für die Welt der Liebenden unsichtbar, und niemand weiß, ob die Großmutter Recht hatte und ob es je ein Prinz geschafft hat, den Schlüssel zu finden und zu ihrem Herzen durchzudringen.

Anselm

„Wusstest du, dass Liebestränke zur schwarzen Magie gehören, weil sie die Seele und das Herz des Verzauberten lenken und beherrschen?", fragte Anselm und zupfte an seinem Hemd. Er war nervös, aber er wollte lässig wirken. „Du verrückter Nerd!", sagte Beverly und ließ ihn stehen. „Ich dachte, sie fände es eventuell interessant", erklärte Anselm seiner Schwester Lila, die das Desaster mitangesehen hatte. „Ich dachte, es wäre lässig, wenn ich –" „*Lässig*? Du Vogel! Den Ausdruck verwendet man seit Anno Brimborium nicht mehr." „Und *Anno* –?" „Ach du", unterbrach sie ihn. „Am besten, du suchst dir eine Nerd-Frau. An Beverly kommst du jedenfalls nicht ran, das kann ich dir sagen." „Ich könnte mir einen Zaubertrank brauen lassen", meinte Anselm. „Du tickst doch nicht ganz richtig", antwortete Lila. „Du hast Recht, ich würde mich nie auf schwarze Magie einlassen." „Du bist echt so *plemplem*", sagte Lila und ließ Anselm allein.

Und als er am Abend am Fluss auf einer Bank saß und über das Leben nachdachte, kam eine Flussfee vorbei uns setzte sich zu ihm. „Du weißt, unten auf dem Grund ist die Welt so, wie du sie dir wünschst. An betrügerische Magie müsstest du nicht einmal denken, denn Mädchen wie Beverly laufen dir dort hinterher." Anselm stand auf und versuchte mit den Augen die Tiefe des Flusses auszuloten. Keine Sorge, er stürzte sich nicht hinein. So plemplem war er nämlich doch nicht. Er fand Beverly ganz atemberaubend, aber er konnte auch gut ohne sie leben, und er würde doch nicht auf die Lockungen einer Flussfee hereinfallen.

„Du bist mir vielleicht eine alte Loreley", sagte er schmunzelnd zu der Fee und ging durch die kühle Abendluft davon.

Anselm und Flora

Eigentlich gehört die Geschichte gar nicht in diese Sammlung, aber den einen oder anderen interessiert's vielleicht: Anselm und Flora sind seit einigen Jahren glücklich verheiratet.

Die Kirschblütenfee

Lino hatte den Frühling lange herbeigesehnt. Der Bach war nun wieder ein richtiger Strom. Schon von Weitem sah man ihn zwischen den Hügeln schimmern. Ein leichter Wind wehte, die Luft duftete nach Blüten. In dem Dorf, in dem er aufgewachsen war, gab es die Sage, dass an einem Tag im April, wenn die ersten Kirschbäume blühten, die Kirschblütenfee munter zwischen all den weißen Bäumen herumsprang, und wem es gelang, sie zu erspähen, dieses scheue Wesen, dem gewährte sie einen Wunsch. Lino war im Morgengrauen aufgestanden, um von einem kleinen Felsen aus den Kirschblütenhain zu beobachten. Schon eine Stunde lag er reglos da und träumte vor sich hin, als ihm plötzlich war, als höre er Musik. War es der Wind, der über die Wiesen strich, oder war es der Bach, der in seinem Bett aufgeregter plätscherte, weil auch er die baldige Ankunft der Kirschblütenfee spürte? „Alles Nonsens", hörte Lino die strenge Stimme seiner Tante in seinem Kopf, aber er schob sie beiseite, denn hier zählte es nicht, was strenge Tanten sagten. Er schloss die Augen, um die Musik deutlicher zu hören. Es war Gesang, es war der schönste Gesang, den er jemals gehört hatte. Und als er die Augen wieder öffnete, sah er sie, die Kirschblütenfee, wie sie fröhlich zwischen den Bäumen umhersprang und dabei ihr Lied sang. Lino war entzückt. Sie war wunderschön und so leicht. Sie war wie eine weiße Feder oder wie eine Blüte im Wind.

Lino wäre nie im Leben auf die Idee gekommen, diesen wunderschönen Tanz der Fee zu unterbrechen, um ihr seinen Wunsch vorzutragen. Wie konnte jemand sich anmaßen, von diesem freien Wesen etwas zu fordern? Er hatte sie gesehen! Seiner banausenhaften Tante würde er das niemals erzählen. Dies war nun sein Geheimnis, er hatte sich nie glücklicher und leichter gefühlt.

Als er am Bach entlang zurück nach Hause ging, sah er, wie die ersten Blüten im Wasser stromabwärts trieben. Und als er in die Straße einbog, in der er wohnte, stand die schüchterne Dora, die sonst immer zu Boden sah, wenn er an ihr vorbeiging, am Gartenzaun und winkte zu ihm herüber.

Brigitte

Ein Dichter des späten neunzehnten Jahrhunderts –
die Wurzeln tief in der Romantik, die Fühler weit
in die Zukunft gerichtet – schrieb in seiner Frustra-
tion darüber, dass er von den Zeitgenossen nicht
verstanden wurde, eine Reihe von Briefen an eine
ferne, zukünftige Geliebte, an eine Frau, in deren
Zeit sich Altes und Neues problemlos verbinden
ließen, in der Liebe und Revolte, Selbstzweifel,
Identitätskrise und die Lust am Unsinnigen, Unmöglichen sich zusammenfügten wie Dinge sich
eben zusammenfügen in einer Zeit, in der die Logik
der Metaphern nicht mehr greift.

Seine Briefe waren voller Leidenschaft und
Abstraktion. Als sie knapp hundert Jahre später
Brigitte in die Hände fielen, verliebte sie sich sofort
in diesen brillanten Geist. Sie konnten niemals
zusammenkommen, aber das entsprach ihrer beider
Vorstellung von Liebe und Hingabe. Und so waren
sie letztlich ein glückliches Paar.

Horace und Lilli

Auf einer Burg irgendwo in Wales lebte eine Prinzessin. Sie hieß Lilli. Ihr Vater, der König, war
schwer krank und lag im Sterben. Ihre Mutter war
schon lange tot.

Der Hofstaat drängte, sie solle einen Prinzen heiraten, damit das Reich einen König habe. Die Prinzessin war einverstanden, aber so oft sie auch Jünglinge und Ritter des Landes aufforderte, zu ihr zu kommen – keiner wollte sie. Fast zog sie schon in Erwägung, zu verzweifeln, da stolperte Horace an ihren Hof, ein umherirrender Ritter auf der Suche nach Abenteuern. Die Prinzessin verliebte sich auf den ersten Blick, aber sie wollte nicht so verzweifelt erscheinen und schickte den armen Ritter auf eine Quest. Er sollte den Drachen Gryphio töten, um sich ihrer Hand als würdig zu erweisen. Leider wurde Horace bei diesem Unterfangen getötet, und so blieb die Prinzessin allein.

Nein, diese Geschichte gefällt mir nicht, sie endet viel zu tragisch. Aber bei einer Prinzessin mit so einem Charakter war das doch absehbar.

Große Liebe

Ein Jahrhundertsturm fegte über die Klippen hinweg und riss alles mit sich, was er kriegen konnte. Nur die Felsen hielten stand. Unmerklich neigten sie sich der tosenden Kraft entgegen. Sie waren einander ebenbürtig, und das ist die beste Voraussetzung für eine Liebe mit Bestand. In hundert Jahren komme ich wieder, schrieb der Wind in den Stein, und die Klippen schwiegen bedächtig.

Liebeskummer

Einmal verliebte sich der brasilianische Regenwald in die mongolische Steppe. Er hatte ein Buch darüber gelesen und war bezaubert von der Schönheit des Graslands. Natürlich wusste er auch, dass sie niemals zueinanderkommen konnten. Es war wie mit den zwei Königskindern. Romantisch irgendwie, aber auch tragisch. Trübsal ergriff ihn. Das Grün verblasste, die Tiere wurden schweigsam, denn auch sie spürten die *Tristeza*. So ergeht es manchem. Es müssen Äonen vergehen, bis es den Kontinenten erlaubt sein wird, sich einander wieder anzunähern.

Laskaro

Ich habe den Jäger Laskaro gesehen, wie er durch die Pyrenäen streift: den Bogen über der Schulter, das Gesicht bleich und mit einem Schnurrbart, genau wie vor zweihundert Jahren. Er hat sich kaum verändert, denke ich und frage mich, woher ich das weiß.

Damals hatte Laskaro, der tote Sohn der Hexe, Unsterblichkeit erlangt, da ihm der Ruhm zuteilgeworden war, ein lächerliches Ungeheuer erlegt zu haben, das seinerseits Unsterblichkeit erlangte, was hier aber nichts zur Sache tut; ihm wurde nicht einmal ein Denkmal gesetzt. Das kann einem schon alles eigenartig vorkommen. Ich meine: Wo ist der Sinn? Ich weiß es nicht, aber ich bin sicher, ich habe ihn gesehen. Den Laskaro meine ich.

Ob seine Mutter noch lebt, weiß ich nicht. Ob er noch bei ihr wohnt? Ich glaube nicht, dass er inzwischen geheiratet hat. Wen auch? Wer würde sich schon mit einem unsterblichen Toten abgeben? Niemand. Außer der maulenden Myrte vielleicht.

Pyrenäen, Pont d'Espagne, Juli 2017

Sebastian und Stephano

„Wenn ich mal groß bin, möchte ich eine Kräuterhexe werden", sagte Sebastian, aber seine Eltern waren der Meinung, dass das keine gute Wahl sein konnte. „Du bist doch kein Mädchen, Junge!", meinten sie, und deswegen dachte Sebastian im Alter von sieben Jahren, er könne seinen Traumberuf nie ergreifen. Dabei liebte er die Kräuterhexe Hildegard, von der sein Großvater ihm jeden Abend vor dem Schlafengehen erzählt hatte, als er in den Ferien bei ihm war. Jeden Abend hatte er mit dem Großvater vor dem Haus gesessen, dessen Geschichten gelauscht und sich vorgestellt, wie Hildegard durch die Bergwiesen streifte, um ihre Kräuter zu sammeln, mit denen sie Kranke heilen und Traurige froh machen konnte.

Als Sebastian elf Jahre alt war, starb der Großvater, und Sebastian zog mit seiner Familie in des-

sen Haus in den Bergen. Als er eines Abends draußen saß und den Großvater vermisste, fiel ihm die
Kräuterhexe Hildegard wieder ein. Vielleicht konnte er sie finden, und dann könnte er ihr Lehrling
werden. Bei den Eltern wollte er sowieso nicht
länger bleiben.

So stromerte er an den Wochenenden durch die
Gegend und suchte nach der Hexe. Allerdings war
der einzige, dem Sebastian auf seinen Streifzügen
begegnete, der Hirtenjunge Stephano, der sich die
Zeit damit vertrieb, glitzernde Steine zu suchen, die
er manchmal im Gras zwischen den Felsen fand.
Stephano zeigte Sebastian seine kleine Sammlung,
die er in einem Beutel bei sich trug, und Sebastian
fragte ihn nach der Hexe, die er suchte, um bei ihr
in die Lehre zu gehen. Aber Stephano schüttelte
den Kopf. Sebastian erzählte Stephano von Hildegard, er erzählte ihm alles, was er von seinem
Großvater wusste. Stephano sagte, er würde auch
lieber eine Kräuterhexe werden, anstatt jeden Tag
die Schafe über die Wiesen zu treiben und am
Abend Prügel zu bekommen. Da beschlossen die
Jungen, gemeinsam nach Hildegard zu suchen.

Denkt ihr, da können sie lange suchen? Falsch
gedacht! Sebastian und Stephano fanden die alte
Hildegard, die heilfroh war, nun zwei so gelehrige
Schüler zu haben. Sie lehrte sie alles, was sie wusste. Als die beiden achtzehn Jahre alt waren, starb
die alte Hexe, und die jungen Männer übernahmen
ihre Arbeit. Sie konnten jedes Kraut finden und

kannten das Rezept für jeden Heiltrank. Von überall her kamen die Menschen, die an Kräuterhexen glaubten, und baten um Tees und Kräuter, um die Kranken zu heilen.

Sebastian und Stephano lebten im Haus der alten Hildegard, waren die glücklichsten Kräuterhexen der Welt, und wenn vielleicht jemand schon immer gern eine Kräuterhexe werden wollte – sie warten noch auf einen Nachfolger, an den sie ihr Wissen und all ihr Glück weitergeben können.

Die Versammlung der Geister IX

„Wenn ich mich auch einmal zu Wort melden dürfte", sagte die alte Eibe, und die Geister, die gerade einmal wieder in einen philosophischen Disput vertieft waren, hielten inne und wandten sich ihr zu. Bäume sprachen selten, und es gehörte sich nicht, sie zu unterbrechen.

„Vor vielen Jahren war ich in einen alten Herrn verliebt, er lebte nicht weit von hier." Die alte Eibe schwieg, und die Geister dachten schon, das sei alles gewesen, was sie zu sagen hatte. „Im Winter flüsterten wir miteinander, und er versprach mir viel." Wieder ließ sie einige Zeit verstreichen, bevor sie weitersprach: „Aber als der Frühling kam, sandte der Wind mir nicht seine Pollen herüber und ich hörte ihn nicht mehr flüstern. Er war ausgelöscht worden", schloss sie und versank nun wieder in Schweigen.

„Wir mussten dieses Riesending damals fällen", murmelte ein gebeugter Geist, der einmal der Friedhofsgärtner gewesen war. Er verneigte sich vor der alten Eibe und schlich über die dunklen Friedhofswege davon. „Bäume sind in allem sehr langsam", dachte er und schon stand er am Westeingang, wo er vor Jahren eigenhändig den Eibenmann gefällt hatte, weil dieser sich immer mehr ausbreitete und seinen Schatten zu düster über die Soldatengräber warf.

Hier saß der alte Eibengeist zusammengekauert an der Mauer und sinnierte noch darüber, was wohl eigentlich geschehen sei, als der Exgärtner vor ihn trat und ihn aufklärte. „Ich bin also auf einem Menschenfriedhof gestorben, und du bist mein Mörder?", fasste der Eibenmann seine Misere zusammen. „Ja", sagte der Gärtner. „Und jetzt komm mit!" So schlichen die beiden Geister zusammen zurück zum Versammlungsplatz, und als der Eibenmann seine Geliebte erkannte, richtete er sich dicht neben ihr auf, so dass sich ihre Zweige berührten.

Während der milde Nachtwind ihnen die erste leise Ahnung vom nahenden Frühling sandte, verloren sie sich in Träumen über die versäumten Jahre und vergaßen alles um sich her.

Australisches Sofa und der Krieg

Es soll so beginnen, dass zwei Leute sich ineinander verlieben. Aber wie sollen sie heißen? Ich denke, das ist ein Fall für den *Zufallsnamensgenerator*. Gut, sie heißen also Heimirich Govind und Rosalynne Neda. Wo aber begegnen sie sich? Der *Random-Geographic-Coordinates-Generator* schlägt vor, dass sie sich in Costa Rica treffen. Was zum heiligen Bimbam machen sie da überhaupt? Clap, schlägt der *Zufallsverbengenerator* vor. They clapped their hands, aber nichts geschah. Vielleicht sollten wir sie miteinander sprechen lassen.

„Im Internet ist Denise ziemlich selbstbewusst", sagte Heimirich Govind. Rosalynne Neda konnte nichts damit anfangen, aber sie fand es unhöflich, die Bemerkung unkommentiert zu lassen. „Gerd Lund ist Graveur", antwortete sie. Und schon verstanden die beiden sich blendend. Sie küssten sich.

„Warum heißt diese Geschichte eigentlich *Australisches Sofa und der Krieg*?", fragte jemand.

Das kann man sich doch wohl wirklich denken!

Inhaltsverzeichnis[19]

---

[19] Sicher wären Sie ohne diese Überschrift nicht darauf gekommen, dass es sich hierbei um das Inhaltsverzeichnis handelt. Ursprünglich sollte hier ein Namensverzeichnis stehen, aber dann war nicht mehr ganz klar, was es damit auf sich haben sollte, daher wurde diese Idee ersatzlos gestrichen. Auch auf ein Sachverzeichnis wurde aus naheliegenden Grünen verzichtet. Interessiert Sie das hier alles überhaupt? Warum sehen Sie sich nicht lieber das Inhaltsverzeichnis genauer an, anstatt hier in den Fußnoten herumzustöbern?

149